U0634394

全民微阅读系列

补　丁

BUDING

张格娟　著

江西高校出版社

JIANGXI UNIVERSITIES AND COLLEGES PRESS

图书在版编目（CIP）数据

补丁 / 张格娟著 . — 南昌：江西高校出版社，
2017.6（2024.9 重印）
（全民微阅读系列）
ISBN 978−7−5493−6015−4

Ⅰ . ①补⋯　Ⅱ . ①张⋯　Ⅲ . ①小小说 — 小说集 — 中国
— 当代　Ⅳ . ①I247.82

中国版本图书馆 CIP 数据核字（2017）第 221617 号

出 版 发 行	江西高校出版社
社　　　址	江西省南昌市洪都北大道 96 号
总编室电话	（0791）88504319
销 售 电 话	（0791）88592590
网　　　址	www.juacp.com
印　　　刷	北京一鑫印务有限责任公司
经　　　销	全国新华书店
开　　　本	700mm×1000mm　1/16
印　　　张	14
字　　　数	160 千字
版　　　次	2017 年 6 月第 1 版 2024 年 9 月第 3 次印刷
书　　　号	ISBN 978−7−5493−6015−4
定　　　价	58.00 元

赣版权登字 −07−2017−1125

版权所有　侵权必究

图书若有印装问题,请随时向本社印制部(0791−88513257)退换

序

王小妮在《割裂的人》中说：任何一本书都不是不可替代的，如果明年高考题目确定要考托尔斯泰，下届学生一定人人倒背如流。谁的作品被选中谁的厄运就来了，他会被快速败坏。每一个面目完整的人，内心少不了冲突顶逆，我和他们也许是五十步和一百步的关系，这才是现实的残酷。

其实，王小妮说了真话，她是从一个公正的角度上去谈论这个问题。也许，前两年，看到这篇文章的话，我可能会认为，她是在信口雌黄。

今天看此文，可能是在对的时间碰到了对的文章。也许，叫做对脾气了，我很认同她的观点。

2006年，用我朋友的话说，我才出道不久。那年，我的小小说《补丁》一文被选为广西梧州中考语文阅读题的时候，一是我不知道广西梧州离我所在地有多远，我只能在地图上找到它，但在我的想象中，非常之遥远。我也不知道，他们为什么要选我的作品，从什么渠道得到的原文，当时包括我自己，并不知道此事，好多人都不知道这件事情。

我是在无意间，看到了这条消息，特别是看了出这道阅读题的老师，简直水平太高了，我都不知道我的文字可以这样被升华和深化，有这样深邃的思想和社会教育意义，从那时想，我开始从心底里有那么一丝丝佩服自己。

时间一下子进入 2010 年，又是一个无意，我说过，我的生活经常处在好多意外当中，这样的意外，也属于正常的范围中。

　　我的小小说《秦腔吼起来》又一次误打误撞地被选入陕西中考语文阅读题，一个资深的语文老师分析说："本年度的中考语文题，具有一定地域特色，说地域特色。"这样的话，我信。但是，出题的人有点古怪，他们竟然能从题目中也能抠出一道题：要学生答出，"吼"具有什么样的的意义？说真话，那 18 分的考题我也答不了满分。连我自己也疑惑？这篇文章是我写的吗？

　　其实，我也想明白了，一个作者，写文章有自己的观点，和读者达到一种共鸣也算一种，如果读者理解成别的意思，也很正常。

　　莎士比亚(Shakespeare)说："一千个读者眼中就会有一千个哈姆雷特。"每一个读者的人生经历不同，对文学人物形象的理解自然不尽相同，同样的文章，不同的人自然有不同的看法，看法也大相径庭。

　　作者通过某种艺术手法把抽象的思维展现在作品里，作品所带来的社会价值是事实，但欣赏这件艺术品的人对它的理解不可能与作者本人创作这件作品时一样，尽管文学作品的本色社会价值是绝对的，看法却各有千秋。

　　人都将作者和作品混为一谈，有好多人问我，你那篇文章中写的人是你吗？我笑而不作答。我认为，一件作品写出来，发表了，他就如同作者的孩子已经落地，它已不属于作者本人了，已交给了社会，交给了读者。作家徐则成说："一个作家的写作源于一种内心的补偿心理，现实中得不到你会在虚构中张扬和成全自己。我很认同这种观点。

　　有一次打开电视，一档厨艺大比拼的节目，却让我感慨良久。

一位年轻的女士在发表自己的厨艺比拼的体会,她说了,我一直以爱情的感觉去做菜。我认为,做菜的过程就如同逢迎了一场爱情,我用心,用爱,用情去做,可能我的菜不是最好的,但我认为,让品尝我菜的那个人能够感觉到幸福的味道,我就知足了。会场上响起了热烈的掌声。

坐在电视前,久久回不过神来。这位沉浸在爱情神话中的女子,是如何将满心爱恋倾注呢?

我一直觉得,真爱的神话,那是作家们臆想的。直到看到那位拄着拐的锁匠,端过哑巴媳妇送来的饭,他默默地接过饭菜,用鼻子夸张地在碗边闻了闻,然后,笑着朝媳妇伸出了大拇指,那位个子矮矮的媳妇,用胖乎乎的手将锁匠额前的发丝绕到耳后,然后,开心地帮他收拾散落在地上的工具。

我有时在想,如果全心地倾注了爱的文章,那是能够让读者读出味道来的。我一直视自己为民工,一个匠人,建筑工人用砖块码墙,而我却用方块字来堆砌文章。有时,还不如建筑工人,他们只要努力,码出的墙还能遮风挡雨,而我往往码了一堆连自己都不知所云的文字,我总视它们为烂尾楼,如鸡肋般食之无味,弃之可惜。

曾几何时,想放弃文字,去做一个无忧无虑的闲人,却是难以割舍对文字的那种发自内心的喜欢和爱。

我知道写作的路很孤独,有时候也很无助,但我宁愿去承受这种日子,因为爱着文字,爱着穿行于其中的那种徜徉。

文字最能靠近一个人的内心,伴随着它一路走来,不做作,不算计,不虚情假意。去做一个纯粹的文人,也许前路漫漫,但喜欢文字的情感却是裸露的,一个靠文字来暖身的女子,内心又是何等的凉薄。

2014年，在母亲的病床边，我和姐弟们一起，每天都盼望着母亲能好起来。最终结果却是，母亲没有任何一句言语地走了。

母亲是个恬淡的人，她一生不争名，不争利，为人谦和，依照自己的内心，就那样安静地活着。

就像长在角落里的一株草，没有人欣赏，甚至会被哪只一不小心的脚踩一下，她也只是自己默默地抚摸伤口。

母亲这样的性格，潜移默化地教给了儿女们，应当如何做人处事。

困顿时，总感觉身后有母亲温暖的目光在注视，这条路即使再怎么坎坷，却让我有了无穷的力量，哪怕前方的路再难，我都会勇往直前。

我是一个喜欢行走的人，在行走的过程中，总是要停下来，不是为了喘息，而是因为一些不曾预想的美丽牵住了我的手和心。

我在这些风景里寻找，思索，写作。多少年后，这些风景依然在路边蓬勃生长，而我——一个路上的行者，将来肯定会消失，因此，我们珍惜每一次行走，珍惜每一次在路上的日子。

沉潜的岁月，让更多人背负着沉重，在写作的路上，能让身心得到荡涤和洗礼，灵魂有个安妥的去处，足矣！

目 录

第一辑

校园麻辣烫

青春的激情，在岁月的风蚀中，已风干成标本。记忆中的校园，在一本本泛黄的的日记中，校园已如同一锅火热的麻辣烫，麻辣酸咸香五味俱全，青春痘下掩盖了多少心伤，拟或还有伪装的坚强……

补　丁

导读：小说通过一对母子对"补丁"的不同态度，表现了两代人之间不同的价值取向。由于生活环境和所受教育的不同，两代人之间存在不同的价值观在所难免，但是如何消除这一代沟，则值得两代人共同深思警示。同时也要我们切实关注青少年思想上的漏洞和缺失，及时采取必要的补救措施，让青少年树立正确的价值观。

城市中有这样一群孩子：他们将头发留得参差不齐，染成黄的、白的、红的、蓝的颜色。总之，怎么另类怎么染，怎么新潮怎么做。用他们自己的话说，这叫酷。他们常常骑着各式各样的自行车在大街上旁若无人地飙车摆 pose。

我儿子就是其中的一个。

这天，儿子出去玩时，把一双牛仔磨砂鞋划了一道长长的口子。他回家后沮丧地递给我说："妈妈，扔了吧。"我默默地接过那双鞋，那是我花 280 元买的，穿了不到一周，我能不心疼吗？

我拿着鞋来到小区门口的鞋摊上，年轻的小伙子说："没法了，实在要修，只能换底换面了，还不如买一双新鞋子。"

紧挨着年轻人的老师傅发话了，他和善地接过鞋子说："让我试试吧，兴许能修。不过，你不介意的话，我想让这两只鞋都打上补丁，这样子对称一些，而且不影响美观。"看来，也只能这样了，死马当活马医吧，我放下鞋子走了。

过了几天，我去取鞋时，在众多琳琅满目的鞋子中，一眼就看见了那双鞋，果不其然，另一只鞋子也被刻意地划了一道长长的口子，用粗粗的麻绳一左一右地缝合着，而且裂缝呈树枝状，针角也有些扭扭歪歪，看样子是故意做成这样的，与牛仔的质地浑然一体，风格粗犷，比先前多了一种别样的风味。我惊叹老师傅的手艺，真可谓巧夺天工啊。

鞋子拿回家后，我没有立即给儿子，我怕他不肯穿。正好全家人在看电视，是一个抗日战争的题材，我就顺口问儿子："知道什么叫补丁吗？"

儿子郑重地答道："补丁就是软件当初设计得不完美，后来又设计了一些程序来弥补原来的缺陷。"一个风牛马不相及的回答。儿子熟悉电脑，我无可厚非，但我想给他说的是鞋上的补丁啊！

儿子还在滔滔不绝地讲他的电脑补丁，我就想用忆苦思甜的方法让他接受那个鞋子上的补丁。我打断了他的回答，给他讲了我小时候的故事。

小时候，家里很穷，孩子也多，妈妈不但要做农活，还要管我们四个孩子，往往是老大的鞋子小了，留给老二老三穿，等一双鞋到了我这个老四的脚上，鞋帮都掉了，鞋底也磨薄了，母亲就在灯下给我一遍又一遍地缝补。那时，我多么希望有一双属于自己的新鞋啊。

不知儿子听懂了没有，我就拿出了那双鞋子，递给儿子说，这就是补丁啊。

他接过鞋子左瞧瞧，右看看，一副诧异而欣喜若狂地神情对我说："哇，老妈，你真是神来之手，怎么会有这么好的创意啊。"边说着，他奔过来，夸张地在我脸上亲了一口。我欣慰像他这一代人还能接受鞋上的补丁,笑笑说:"老妈没那么伟大啊,这是门口老师傅的杰作。"

第二天,我刚踏进门,门口齐刷刷地放着五六双鞋。我吓了一跳,每双鞋子好像都是崭新的,可让我费解的是,每只鞋子上都有大小不等的口子。正纳闷儿,这小子,不会把老妈当成修鞋的了吧?

一群和儿子年纪一般大小的孩子从屋里涌了出来。儿子说:"大家都说我的鞋有创意,都买了新鞋子,让你拿给那个修鞋的师傅,尽全力给他们做得有个性一点……"

儿子还在一边给我叮咛,我的心早已结上了一个大大的伤口,泪水也不知什么时候已滑落在地上了。

跪 雕

导读:有一种爱情叫刻骨铭心,大概谷雨生留给小米的也是这种爱情吧?

谷雨生在我面前一提到小米,恨得牙根直痒痒,那副咬牙切齿的模样,怎一个"恨"字了得?但我知道,他们俩分不了。

小米和谷雨生同是美术学院的校友,不过,小米学得是国画专业,谷雨生专攻雕塑专业。小米总是拿谷雨生的木讷开玩笑说,我看你就一个活生生的雕塑,这个,还用学吗?

谷雨生总是嘿嘿一笑,黝黑的脸膛,衬托着他两排大白牙愈发白皙。

小米和谷雨生的性格截然不同,她总是叽叽喳喳地,像一只鸟儿飞来飞去。

其实,在谷雨生之前,小米有过一段浪漫且刻骨铭心的初恋。

那年,北方的冬天异常寒冷,零下三十多度的气温,市里打算在广场举办元宵节冰灯冰雕艺术节,谷雨生和一帮雕塑家们,夜以继日地劳作。

那天夜里,他们刚把一座"七彩塔"安装调试完,已经是凌晨三点半了。谷雨生发现了在冰雕塔下冻得缩成一团的小米,小米哭得伤心欲绝。

由于赶工期,谷雨生没法送小米回学校,只好让小米在他们的临时休息室里休息。第二天中午,谷雨生还忙着铲冰,开始下一座冰雕的造型。

谷雨生一沉浸在自己的工作中,就完全忘记了周围的一切,包括小米。

没想到,谷雨生意外地接到了小米的短信说:"谷雨生,谢谢你。你好可爱。"

谷雨生拿着电话,茫然地几次走神。他兴奋地给我打电话说:"简真,你说,一个女生对一个男生说,你好可爱,意味着什么?"

接到他莫名其妙的问话,我支支吾吾地不知道怎么回答他,我说,大概是爱上你了吧。说句实话,我这纯粹是信口雌黄,没有任何依据的。谁知,那小子却当真了。

还没等冰雕工程竣工典礼会的答谢宴席结束,谷雨生发疯般地找到了小米,用一朵冰雕的玫瑰表白了自己的爱情。

三个月的时间,小米正在通往自己又一次的爱情道路上,她正和音乐学院的钢琴手,开始他们琴瑟相合的爱情浪漫剧。

谷雨生表白完之后,才发现,小米正坐在钢琴前,而那个钢琴手,正手把手地教小米弹钢琴,他愣了一下。然后,转身走了。

我以为这小子会清醒了呢,然而,他却对小米爱得死心塌地,他望着小米的照片说:我会等到的。

果然,一个月后,小米和那个钢琴手分了,她趴在谷雨生的肩膀上哭得稀里哗啦。谷雨生爱小米,爱得没有一点悬念。

而小米总是把谷雨生当成了自己的备胎,累了,谷雨生为她捶背捏脚,而他也习惯了随叫随到!

我说:"雨生,悠着点,她没准又开始了下一场恋情呢?"

谷雨生显然不高兴了,他朝我的背上擂了一拳说:"你小子尽损。这次,她是真的。"

在我看来,爱情对于谷雨生来说,就是一场重感冒,头重脚轻,昏昏沉沉,浑身无力。而爱情对于小米来说,她不过是一个游客,不用回头,前方总有最美的景致等待着她。

然而,事情还是往旁观者清的方向发展了,我也为自己的不幸言中而后悔。

这场爱情悲剧着实上演了,谷雨生将面前的十瓶啤酒一口气干完后,他还是坚信,小米会回头,我将他打倒在地上,指着他的鼻子说:"你小子给我听好了,以后,你就是她的备胎,还想指望她回头,即使她会回头,她的真心也不会给你的。"

谷雨生头在桌子上不住地磕着,最后,磕出了血。

然而,小米的恋爱对象不是谷雨生这样的类型。他和那些男生们不是一个类型。我断定,小米不会回来。

还没等谷雨生的伤养好,他又接了一个冰雕的项目。临走

全民微阅读系列

前,他的情绪还是非常低落,他说了,兄弟,你说得对,可是,我还是忘不了她。

面对如此真挚的爱情宣言,我还能再说什么呢?

那天,我接到了小米打来的电话,电话刚一接通,小米哭得泣不成声,她说了,雨生走了。

"什么? 你说什么?"我急切地在电话这边询问着。

等我赶到时,谷雨生整个人已经被压在了一座冰雕下,等工人们从底下掏出他的时候,他的姿势非常奇怪,虽然他的头部严重受伤,双腿却跪在地上,保持这个形状不变。任凭工友们怎么拉,都拉不直了。他成了这个冰雕展的一座雕像。

此时,小米抱着谷雨生的遗像深深地跪了下去。工人们打算上前去拉她,我拦住了他们说:"让她好好地哭一场吧!"

百度张格娟

导读:网络带给我们便利的生活信息时,鱼龙混杂的网络世界,也带给我们更多的困惑,若不信,看看下面这位……

某一日,望着电脑屏幕,我突发其想,百度一下"张格娟",将自己进行了一下人肉搜索,我动了动键盘,一下子就百度到了 N 条关于张格娟的词条。

第一个张格娟是一个刚毕业求职的大学生,她是一个小巧玲珑的女孩子,长着周迅一样的瓜子脸,能让人一眼都生出爱怜的感觉。但在她的照片下方，我看到这样的一条跟帖，眉眼脸形再怎么整容，你也成不了周迅，还要坚守你是你自己。后面署名是"爱你的宏宏"。

看到这里，我突然间非常兴奋，看来，这个 90 后的大学生为了找工作，竟然去整容，至于她的学业，没有人去评说，对于她的整容，却众说纷纭。

有的回帖，说道，这有什么，爱美之心人皆有之，现在这年头，为了找到一份好的工作，也为了找一个好老公，整容何罪之有？再说了，好多单位宁肯要整过容的假面孔，也不希望有一个恐龙级的妹妹跑出来吓人。

看来，这个可怜的姑娘也有人同情啊！在此，我这个局外的张格娟不作任何的评论，我感觉到，存在自有它存在的理由和道理。

第二个张格娟是一个村姑，我的好奇心被提了上来，我一定得继续看下去。原来这位张格娟却是个冤魂，她已经被杀了。村姑张格娟，本来有一个幸福和睦的家，有一个可爱的女儿，经营着一个小商店，日子过得殷实而快乐。然而，由于老公找了对门的一个寡妇当了情人，蒙在鼓里的张格娟，被情人约到了一个池塘边，却被情人推入了池塘里淹死了。杀了张格娟的那个女人，被迫要和她的老公结婚。此时，老公才知道妻子有多么贤惠善良，他每天都在网上念着她的好，老公每天都在自责和忏悔中，将自己的思念结成一些小碎片，供大家学习。

我继续搜索着，第三个张格娟是一名五十多岁的妇产科医生，医治患者无数，用她自己的话说，一辈子看尽摸遍了女人的屁股，到头来没有认识一张脸。女儿大学毕业后，宅在家中，每日里关起门来上网，有时候，整日整夜地玩，她感觉到自己有再大

全民微阅读系列

的医术,也难解女儿的病,她常常望着手术刀,自言自语道:"是谁病了? 是自己,还是女儿? "

其中有一个张格娟,长得五大三粗,络腮胡子,对于名字的起源,他这样解释,说他小时候,体弱多病,有一次从死神手中捡回一条命之后,一个算命先生说了,只有起一个女孩子的名字,才能保住这个孩子。母亲就给他起了张格娟这个名字,他说,为这样一个名字,后来竟然找媳妇都成了困难。无可奈何,最后,只得改名,可是,一个人的名字,却不是那么容易说改就改啊,要一趟一趟地跑公安局,最终,也没有改成。

还有一个画家张格娟,画得一手好写意,非常精美,却性格孤僻,一生未嫁,在画坛上也小有名气,她留短短的男式板寸,手执香烟,迷离的眼神,漂渺而虚空,让人一眼看不到秋天的感觉。

网络中还有好多个张格娟,一共有数千条关于张格娟的信息,我不停地手握鼠标,不停地翻页,直到翻到胳膊酸痛,我才真正地找到了我自己,然而,我已经不是我自己了,我的照片被人PS成别的人。望着眼前茫茫网海,我在想,千千万万个张格娟,哪个才是我呢?

我依然迷茫地问:"张格娟是谁? 我又是谁呢? "

过 年

导读: 不知一个靠爆米花为生的哑父付出了多少艰辛才把女儿养育成人。作者做足了温情的铺垫后,篇末寥寥几字却点出了全文的关键——哑父并非妞妞的亲生父亲,描述虽然简短,却具有强烈的震憾力。

惨淡的阳光一股脑儿射在了村中间那个向阳的角落,屋顶白皑皑的积雪泛起了亮光,晃得人眼睛生疼。

腊月二十三,北方人祭灶神的日子。这天起,大多数在外打工的人扛着铺盖卷回家过年了。

爹走出那间低矮的瓦屋,开始收拾自己谋生的家具到外村去揽活儿。那个跟随他多年的爆米花机已经浑身黝黑,那是煤烟和岁月的痕迹。

八岁的妞妞,头顶扎两条小辫子。她问爹,今天还出去吗?

爹是一个半哑巴,他是半路失语的,只能听见,说不出来。憋足了劲从喉咙里蹦出的只能是呀呀的声音。其实,这样的哑巴最痛苦,比那些又聋又哑的要痛苦千万倍。

爹用手比划着,说,打工的人都回来了,会多给孩子们一点钱,我也就能多挣些钱,昨天在五里庙,今天去七里河。

妞妞明白,爹为了多挣钱给自己交学费,他一天换一个地方。

爹头戴破棉帽，身上那件棉袄已经千疮百孔了，白白的棉絮露在了外边，扎眼。

妞妞悄悄地跟随在爹的身后，她的小脸儿冻得通红通红的。村里人都笑称说，这叫"高原红。"她的棉裤是娘前年缝的，已经露出了半截脚脖子。她只能将袜子筒高高地拉起，可脚脖子还是皲裂了。

妞妞始终和爹保持着一定距离，不能让爹发现她。

爹翻过一道梁，又越过一道岭。妞妞看到雪地里的爹只能是一个黑点在一点点移动着。爹停下来歇息的时候，妞妞也歇了下来。

大约走了七八里路程，爹摔倒了几次，妞妞比爹摔倒的次数还要多些。

到了七里河，爹支起炉子，红红的火苗儿蹿起老高，妞妞这才蹦到老爹的跟前，帮爹拉风箱，咯吱咯吱，声音传出老远。

爹不能像别人那样去吆喝着招揽生意，他每次出门时，带上自己家的玉米粒，先爆出一锅。其实这也是一种宣传，更多为了试一下锅的火候。孩子们也许是听见了爆米机的声音，也许是闻到米花浓郁的香味，一下子都像赶集似地跑出来了。

爹不声不响地摇着米花机手柄，他估摸时间差不多了，就拎起机子，塞进铁网兜里，抓住扳手，猛然间用力一拉，随着"呼"的一声响，一股白烟升起，白花花的爆米花溢了出来。

好香啊！大人孩子们都一齐叫喊着。

孩子们都争着抢，有一两个调皮的，趁机抓一把塞进嘴里就跑，爹呀呀地驱赶着他们。主人们及时地拿起簸箕，将米花端走，走时扔给爹两毛钱，爹顺手给了妞妞。人们都笑说，哑巴的女儿还是个机灵的二当家。

爹就这样一个村子挨一个村子爆米花。腊月三十了，家家户户门框上贴大红的对联时，爹才带着妞妞回家过年去。

经过镇子，顺便给妞妞买两朵鲜艳的头花，割两斤猪肉，父女俩少有地高兴。

除夕夜，爹为了让妞妞开心，拿出鞭炮噼里啪啦地在院子里点起，妞妞拍着手跳着蹦着。

热闹归于平静了，父女俩在火炕上守岁。妞妞说，爹，娘啥时候回家？

爹的目光暗淡了下去，风儿伸长了耳朵在偷听妞妞的话。

娘原来是一个戏子，人长得水灵灵的，可娘受不了乡村的穷困，她常数落着爹说，要不是妞妞，我不会嫁给你的。爹总是好脾气地笑笑说："日子会好起来的。"

娘是城里人，为什么会嫁给爹这个老实的乡下人，妞妞隐隐约约感觉到好像与自己有关，从娘的话里，她能感觉到。

娘还是撇下爹和妞妞一个人悄悄地走了。

娘走后，爹突然间说不出话来了，爹成了哑巴。

那年，妞妞六岁。

六岁的妞妞总抱着院子里那棵小槐树摇晃着说："回（槐）树，我娘什么时候回来呢？"槐树的叶子在唰唰地抖动着。

妞妞哭了，她感觉，满树的叶儿都像自己的眼睛，在巴巴地盼望着娘能回家过年。

日子就像手心的泥鳅，轻轻地一滑，妞妞就出落成了大姑娘。

大学毕业后，妞妞在一家报社当了记者。爹依然还会在腊月二十三出门去爆米花。妞妞知道，那天，是娘出走的日子。

除夕夜，妞妞对爹说："爹，我带你到大医院去治病吧，你的病医生说能治好。"

爹用手比划着，说，土都拥到脖子根的人了，算了吧。

妞妞含着泪水说，爹，我一定要治好您的病。我见到娘了，您虽不是我的亲爹，却是世上最好的爹。

尹小白的情歌

导读：青春是青涩的果，好多人都想尝一口，个中滋味，只有自己才能体会。你的身边，是否也有一个尹小白和吴小霜呢？

尹小白的出现，只不过是吴小霜众多男朋友中，一个不起眼的小不点儿。

用吴小霜的话讲，我从来都没怎么正眼瞧过他。这尹小白，怎么就偏偏迷上了这个妖女呢？

吴小霜这个妖女，整整比尹小白高了二点五厘米。可尹小白痴情，他知道自己先天不足，可他说了，我要把我们俩这二点五厘米的差距缩小到忽略不计。

这不仅仅是肉眼可以看见的距离，他还有漫长的路程可走。

这话是我们第一次吃饭时，尹小白的真情告白，对于吴小霜来讲，她已经不能为之感动了。

女孩子应当有个女孩子的样子，我们的班主任王小波曾这样批评过她。而吴小霜却摆出一副天生我才必有用的大无畏精神，将她细长的脖颈拧了几拧说，我不跟任何人学习，那种架势，有一种将革命进行到底的英勇悲壮。

记得当时她还反驳班主任王小波说，我就是我，你就是你，你不可能像真正的王小波一样，他能将《黄金时代》《白银时代》写得让人津津乐道，而你呢？

你只不过一遍又一遍地重复你的化学分子式，知道 H_2O 怎么读，怎么分解各种化学公式。班主任王小波当时被她说得哑口无言，我们只听见他上下牙齿打架的声音。

吴小霜知道，教化学的王小波，可能现在几近崩溃了。

她感觉崩溃这个词真好，有一种让人绝望到无法收拾的地步。

尹小白怎么就偏偏喜欢这个妖女呢？

那天，我们一行四个人，吃了一顿饭，吴小霜喝得有点多了，她趴在我的肩膀上说："我爱上樊凡，他就是我命中注定要找的那个人。"

吴小霜这句话，让我以迅雷不及掩耳之势，一下子把她从我的肩膀上推了起来。

我急切地问："你说什么，你再说一遍。"

她以为我没有听清楚，又说了一遍后，我才发现，她是认真的。

我说："妖女，你不是在和我开玩笑吧？"

她眼泪横飞地点了点头说："我说的是真的。"

我说："你这种一见钟情，是物理反应还是化学反应？"

"物理反应。"吴小霜的表情很自如。

"那么，他呢？他知道吗？"

她摇了摇头说："不知道，我想他大概不会喜欢像我这样的女孩子吧。"

我拍了拍她的脸蛋儿说:"算你还有点自知之明。这样吧,爱情这回事也别分谁对谁错了,到最后看看,究竟樊凡会喜欢谁?我听说樊凡喜欢一个外校的女生,不知道现在如何了?

"笑到最后的才是胜利者。"吴小霜自信地甩了一下她的短发。

我知道,爱情是排他的,它是单项选择题,不是双项或者多项选择题,答案是唯一的,不允许有更多的答案。

吴小霜俨然一个爱情专家,我真想一掌劈了她。

也许她与生俱来就有挑战精神,她又一次摩拳擦掌地打算为自己争取一次。

尹小白不停地在女生公寓楼底下大唱情歌,但吴小霜仍然不动声色。那个有着二点五厘米距离的小男孩,被我和吴小霜私下里称之为二点五,这个只有我和吴小霜能够听得懂的语言,没有在尹小白的面前说,怕他自尊心受到打击,再去玩个一哭二闹三上吊之类的情感事故,那可真就有故事了。

二点五有点另类,他成天背着一把蓝色的吉他行走在校园中,在女生宿舍楼下大唱《我等的花儿已谢了》。

"你知不知道,你知不知道,我等的花儿已谢了……"他边弹边唱,女生公寓楼里,终于有人不堪此噪音的轰炸了。二点五那朵花儿终于谢了,被从天而降的一盆水打得凋落了。

谁知,二点五仍然锲而不舍,他用手将脸上的水抹掉,再把吉他上的水擦干,又继续唱了一曲《阳光总在风雨后》。

这个执着的男孩,把女生楼内几个爱哭的女生都感动了,据说,高一一个小女生感叹地说,谁说好男孩儿不多了,如果他能为我唱,我现在就扑上去当众答应他。

二点五的另类,最后收兵回营时,据说被宿管员大妈给告发了,学校政教处找到二点五,对他说,如果再这样扰乱学校正常的教学秩序,就见你的家长了。

二点五的爱情火焰熄灭了,我们都以为,二点五再也不可能为吴小霜这个妖女唱爱情歌曲了,再也不会为了喜欢她而挨批评了。

二点五却将地上工作,转为地下工作了。

他开始频频给吴小霜献殷勤,吴小霜生病了,二点五及时送来了感冒药。不过,她是为了追求一见钟情的樊凡被雨淋感冒的,也没有攻克人家坚不可摧的爱情堡垒。

吴小霜想吃桂花粥了,二点五跑遍了全城,终于在城市一个不起眼的小店里为她买来了。

当然,二点五想得到这些信息,全靠美食贿赂我们这帮馋猫得来的。

二点五乐此不疲地奔忙着,可他想拉一下吴小霜的手,都被生生地抽回去了。

据那个妖女说,二点五整整追了她七百三十二天。

那天,二点五说,我给你讲一个故事吧。

二点五抽了一支烟,那张俊朗的脸,在蓝色的烟雾里,蛮有风度的。

他说,有老两口,老头子爱老太婆,可老婆一生都没有爱过这个老头子,在临终前,老头子说,孩儿他娘,我一生把你像佛一样敬着,如果你的心是一块石头,我想恐怕也早暖热了。老太婆这才老泪纵横地说,这话你怎么不早说呢?

老头子带着失望离开了人世。

而那个老太婆从此算是落下病根了,她逢人就讲这个故事。

那天,听了这个故事,妖女吴小霜终于扑进了二点五的怀抱。

吴小霜说当时她哭了,二点五也哭了。

我拧着吴小霜的耳朵问她:"说,他追了你七百三十二天,你怎么记得那么清楚?"

谁知吴小霜竟然大言不惭地说:"那也是我爱上樊凡的时间!"

我重重地给了这个妖女一拳头,并声色俱厉地警告她:"如果你再欺负二点五,我就将你打成二百五。"

皮小毛的光头梦

导读:乡下来的皮小毛,由于发型土气,受尽了同学们的欺负,皮小毛梦想剃个光头,可是,实现了这一梦想的他,着实让人心酸。

皮小毛想剃个光头,做梦都想。

有了这个想法,八岁的皮小毛屁颠屁颠儿背着书包跑回家,他准备让当屠夫的爹给他剃个光头,圆乎乎的,好可爱。

上帝好像打了盹,皮小毛的头发长得又黑又浓,像厚厚的一层猪毛,将他的脑瓜子盖得严严实实。

皮小毛记忆中,爹总是用杀过猪那油乎乎的手给他剃头。他想让爹给他剃光,可爹总是不愿意,他说,只有从监狱里出来的浑小子和和尚才剃光头。爹边说边给皮小毛剃头发,一边的唾沫星子飞溅在了皮小毛的脸上,皮小毛没有言语,用袖子擦干了。

皮小毛总是噘着小嘴不语,他不喜欢爹给他理的发型,怪难看的,像一个小茶壶,上面扣个盖儿,一看就土气。可爹喜欢,爹高兴了,有时还给皮小毛后脑勺再加上一个小辫子。像极了课本中的少年闰土。爹常说这个发型好,吉祥如意。

记得他们刚从乡下来到这个城市,第一天上学,惹得那帮城市里的同学看稀奇,有好事者还握住他的小辫子叫嚷着:“皮家小少爷”。那时候,皮小毛真想找个老鼠洞钻进去。

从此后,皮小毛就蓄了长一点的头发。留了长发的皮小毛,又发现一个问题,他发现同学们仍然抓住他的头发,摇一摇,喊一声“皮小毛,去替我扫地。皮小毛,去给我端凳子。”

皮小毛低着头乖乖去做了,他怕那个小胖子又来拔他的头发,就那么不到一寸的头发,揪几根在手里,皮小毛就得疼上好一阵子,惹得别的同学哈哈大笑。

从那时起,皮小毛就有了剃个光头的想法,他第一次给爹说了,谁知爹正握紧一把雪亮的屠刀剔除猪毛,他大吼一声:“剃了光头老子打断你的腿。”皮小毛知道父亲的脾气,他不敢再说什么了,那年他十二岁。

皮小毛就幻想,有一天早晨起床后,他拥有一个光秃秃的脑袋。可他的身体好像没发生什么奇迹。

这奇迹说来还就来了。有一天早晨,皮小毛起床后,感觉鼻孔边湿湿的,他用手一擦,是血,红红的鼻血。父亲用纸给他擦,不行,又用布条,还不行,用橡皮筋扎手指头,像爹杀了猪的血一样汩汩地流了出来,好像他小小的身体是一个泵,不停地往出抽着血。

半辈子跟血打交道的爹慌了,他带着皮小毛去了医院。一连串的化验,医生同情地对他爹说:"这孩子的病需要好好治,血小板太低了。"爹不懂医生的专业术语,他只会说,我们没钱,你就给孩子开点药,我们回家慢慢服吧。

女医生火了,人命关天的病,你回家就能治好吗?

爹愣住了,这孩子昨儿个还活蹦乱跳地啊?

后来,爹慢慢也明白了,看着同病房的病人化疗成了光秃秃的脑袋,爹望着可怜的儿子,泪水溢出了眼眶。

第二天,他给儿子说:"爹现在给你剃光头吧。"

儿子还笑嘻嘻问爹:"你今天怎么愿意给我剃光头了?"

爹说:"光头凉快,明天爹也剃个光头。

皮小毛终于实现了他的光头梦,他快乐地说:"这下,同学们再也没法逮住我的头发了。"

爹含着泪水啊啊地答应着。

爹现在知道了,还有第三种人剃光头。

残　疾

导读:健康的毛小跳,为了谋一个工作,竟然被迫残疾,这究竟是为什么呢?

初中还没有毕业的毛小跳,在骄阳下背着书包,蔫蔫地走在马路上。脚下一颗石子硌了脚,他飞起一脚,石子在半空中划了一道长长的弧,蹦出了老远。每天放学回家的她,就这样在马路上踯躅徘徊着。

　　爸爸成天耷拉着脸不说一句话，为了家里的生活，他将自己不算太白的脸黑成了一口铁锅底。妈妈常常把眉头向上一挑，她漂亮的丹凤眼瞬息变成了两尾写意小鱼，冷不丁怒吼一句："不要把驴脸拉那么长，小心掉地上砸了脚，那损失可就大了。"

　　妈妈受教育的程度不高，但毛小跳感觉到，妈妈骂人的水平绝对一流，如果这个能直接颁发博士硕士证书的话，妈妈连论文都会一字不落地用嘴讲出来。

　　毛小跳害怕回家，家里死沉沉的气氛，如同重油彩画一样的灰色，粘稠得几乎能滴下来，让人心里起腻。

　　毛小跳就这样任由自己游荡，在马路上看着来来往往骑自行车或者开小车的人，那些漂亮的女人，穿着裙子，露出白小腿脖子，从毛小跳的眼皮底下晃过，晃得她的心也色彩斑斓了。

　　毛小跳终于下定了决心，离开这个家，按妈妈的愿望辍学去打工，也能贴补一下家用。毛小跳刚把这一决定讲出来，母亲脸上的两尾小鱼儿愈加活泛了起来，她一会儿给毛小跳做好吃的，一会儿又爱怜地替她扇风，家里那台老式风扇早已像得了帕金森综合症一样摇晃得让人心生不安了。

　　妈妈不停地给毛小跳整理行李，仿佛毛小跳这是出嫁，而并非出外打工一样让人欣喜。爸爸依然沉默，他其实想让女儿考大学的。

　　毛小跳大包小包地拎着家里的土豆，白菜，还有一只大公鸡，一路辗转投奔一个远房亲戚，母亲说要叫她林姨。

　　林姨在一家电池工厂当仓库管理员。在东莞这个大都市，像她这样的大龄女工，混迹于一群如花似玉的姑娘们中间，也早已黯然失色了。她能找到仓管员的工作，那也是领导看她一直忠心

全民微阅读系列

耿耿地对待工厂,才让她留了下来。

林姨是那种风风火火的女人,就像《乡村爱情》里的谢大脚一样,让投奔她的毛小跳感觉到踏实。她也热心地帮助毛小跳找工作。

毛小跳还未满十八岁,好多工厂怕落个雇用童工的嫌疑不肯用。让毛小跳去餐馆当服务员吧,她那浓重的乡音,怎么教都散发着泥土的味道。去家政公司吧,人家一问,这姑娘没经验,谁放心把小孩子交给她管呢?林姨最后决定,她打算去找他们主任,让毛小跳去做流水线的作业,这孩子心灵手巧,想必没什么大问题。

林姨将毛小跳带到了主任面前,主任上下打量了一眼毛小跳,失望地问道:"她有没有残疾?"

林姨急了说,主任看您说的,好胳膊好腿的,不信,你走两步或者转几个圈让主任看看。

主任叹了一口气说:"她要是个残疾,我马上收下她。"

林姨还想发问,但她只是动了动嘴,话却没有说出来。林姨的聪明在于,她知道适可而止。她们都迷惑地走出了主任办公室。

回家后,林姨又上下打量了一番毛小跳,她突然间一拍大腿说,有了,我有主意了。

毛小跳原本好端端的脚,在林姨用强力胶水的加工下,被评残中心列为三级残疾,从此后,毛小跳的脚趾只能像鸭蹼一样并拢了,毛小跳终于成了流水线上的工人。

毛小跳后来发现,几天以后,来工厂里报道的人有的空袖管,有的挂着拐,还有眼睛看不见的盲人,她们到工厂一两天,而后又在工厂里消失了。

毛小跳一直疑惑着。

毛小跳是后来才知道事情真相的。说是上面有政策,如果工厂里有多少残疾人,按比例可以减少纳税额,对于老板来说,残疾人名单当然越多越好,真正做工的人是越健康越好了。

毛小跳知道这个事情后,她再也呆不住了,她毅然地辞去了林姨给她找的这份工作,依然在异乡的街道上盲目的找工作。

烈日下,她又看到一颗石子,狠狠地又踢了一脚,这次,石子只在地上翻了个身,又懒洋洋地停下了。原来,她鸭蹼一样变形了的脚趾怎么也用不上力,她已经变成真正的残疾了。毛小跳望着烈日自言自语:"我怎么不如一颗石子呢,连它都有归宿,我的归宿在哪里呢?

是啊,如果毛小跳没有残疾,而真正残疾的又是谁呢?

太阳花

导读:亲爱的读者,当你还在父母面前撒娇时,还有多少农村的留守儿童在期盼着自己的父母回家呢?

正月初三那天,年还没有过完,娘,却在那一天离开了我。

娘说:"狗狗,娘去给你挣钱了,给你买好多好多糖。"农家的孩子,最大的梦想,就是能够美美地吃一顿糖,甜甜自己的小嘴巴。

我拽住娘的衣襟喊叫着:"娘,狗狗听话了,狗狗再也不向娘要糖吃了,狗狗只要娘。"

娘还是流着泪一步三回头地走了。走时,娘留下了一句话: "等太阳花开了,娘就回来了。"这是娘留给狗狗唯一的念想。

我坐在家里矮矮的门墩上,哭着用双拐捶打着地面,地面被我砸得咚咚直响,尘土也哗哗地飞扬。我在尘烟中目送着娘的身影一点点消失在山那边。

我抬起头望了望挂在天空那轮惨白惨白的太阳,它像一条病恹恹的狗,毫无生机地低垂着头。

我问奶奶:"太阳花,太阳能开花吗?"

奶奶踮着小脚说:"能,一定能。狗狗,你娘走了,还有奶奶啊。"我扑进了奶奶的怀中,放声大哭,奶奶抱着我流了整整一夜的泪水。

睡梦中,我听见了爹不住地叹着气,不住地抽烟,满屋子的烟呛得我直咳嗽。我知道,爹也不愿意娘去打工。

春天来了,二妞带来了一包花种籽,她说是太阳花籽。我把黑黑的种子密密地撒在院子中,也种下了我的心愿和期望。

夏天,第一朵花开了,我兴奋地扔掉双拐欢呼着,结果我却摔了一个大大的跟头,好好的门牙成了豁口,我不住地对二妞说:"太阳花开了,我娘会回来的。"

晚上,我做了一个梦,我梦见了我娘,梦见我的小花园开满了五颜六色的太阳花,天空的太阳也开了花,是最大最红的一朵。娘将我搂在怀中,我好幸福啊。

第二天凌晨,大人们还在睡梦中,我就坐在家门,等待着太阳开花。我望着太阳一点点从山背后冉冉升起,慢慢地开放,我目不转睛地盯着天空,不敢眨一下眼睛,我怕一眨眼,太阳花开了,我找不见了。太阳花越开越大,开在了我的眼里,姹紫嫣红的花儿，美极了。太阳真的开花了，一朵朵，也开在我的心里。娇艳的太阳花，刺得我眼睛酸疼酸疼地。我对着太阳喊："娘，你快回来吧，太阳花开了。"可我就不明白，天空只有一个太阳开花，娘怎么就没看见呢？

二妞说："南方雨多，大概你娘看不见太阳花吧。等天晴了，你娘就回来了。"我点了点头："二妞，你知道的真多，要不，你将来给我新娘吧。"二妞娇羞地红了脸，狠狠地点了点头。园子里的太阳花，仿佛被我的话也羞红了脸，先是一两朵，而后惹了一大片，所有的花儿都红了脸。

日子就在我缤纷的盼望中，转眼间过去了十年，我的小园子，太阳花依旧开放，而娘，却一次都没有回来过。我每天都在祈祷，南方的雨早些停了吧，早点让我娘看到太阳花开啊。

十年，二妞也出落成了大姑娘，二妞家没有男孩，她爹说，让二妞去打工，好补贴家用。二妞走了，二妞去广东打工了。那年，她才十六岁。二妞临走前对我说："狗狗，我去了南方，见了你娘，我会对她说，太阳花开了。"我噙住了满眼的泪水说："我等着娘和你——娘和新娘。"

二妞依依不舍地走了，我只有傻傻地坐在家门前，看着二妞一点点消失在山背后。

二妞走后，我就每天望着太阳开花。我说："太阳啊，你把花开大一点儿，我娘看不见啊。"村子里的人就摇着头说："这娃，这辈子只有三岁孩子的智商了。"我冲他们嘿嘿地笑着说："太阳花开了，我娘会回来的。"

虽然有时候天空也会下雨，但我认为那就是太阳的眼泪，也是太阳花晶莹的露珠。

太阳花开了，我娘就会回来了，我天天都这样说。

全民微阅读系列

最后一片树叶

导读：打工的叶儿，想用法律的武器来捍卫自己的尊严，可连自己的亲人都不能相信她，叶儿最终还是被朋友欺骗了，她以生命的结束来告别这个世界。

叶儿刚一出生，爹就给他起了一个很文艺的名字。可爹忘记了，他们老黄家的姓，和这个名字搭配起来，多少有点萧瑟的味儿。

叶儿上学时，新调来的班主任点名，拿着花名册叫到黄叶儿时，狐疑的目光在叶儿的脸上扫过。他思量着，这么水灵灵的姑娘，怎么会有这么暮气横秋的名字呢？

可叶儿认为，名字不过是一个人的符号，能代表自己就行了，就像阿猫阿狗一样，叫什么都无所谓。这样想的时候，叶儿一个人痴痴地笑，笑完了，她自己叫着自己的名字——黄叶，又自答着"到"。她觉得很有趣。

十五岁那年，叶儿初中还没毕业，爹却让同村的二妮子带她出了村，在城市给人当保姆。到城市里叶儿才知道，人家现在把保姆不叫保姆，二妮子说，叫家政服务。

十五岁的叶儿，长长的头发，个子蹿得也老高。初到主人家，男主人上下打量着叶儿，叶儿望着锃亮的地板和豪华的真皮沙发，她本能地将露出半截脚脖子的腿抖了一下，后退一步站定。

男主人眼光在叶儿的身上足足停留了两分钟，然后笑着拉过叶儿的手，叶儿将手缩了回来，男主人客气地笑着说："坐嘛，坐，以后就是一家人了。"叶儿心里有隐隐的不服气，怎么能是一家人呢？你们家住别墅，我们家，一家四口人挤两间低矮的小平房，天差地别呀。

男主人问叶儿："叫什么名字？"叶儿怯生生地说："黄叶。"男主人说，好听，真好听。叶儿第一次听人说自己的名字好听，她兴奋的晚上连觉都没有睡成。

后来发生的事，让叶儿怎么也想不到。有一天，午休时，男主人悄悄跑进了叶儿的房间，惊醒了叶儿，情急之下，叶儿从二楼窗户跳了下去，所幸的是，坠落在楼下的花坛里，可叶儿却跌伤了腿，瘸着腿的叶儿，就去打官司，碰上了一个好心的律师，她没有要叶儿一分钱，将官司打赢了。报纸杂志纷纷刊载了叶儿的名字。黄叶这个名字，一夜之间，在人们的嘴皮间飘散着。

叶儿想家了，她想家想爹娘。在村口，叶儿刚一下车，就被好几个人围住了，她们问叶儿："听说，你被那个老男人那什么了……哎，好端端一个姑娘，就这么毁了。"

叶儿哭着跑回了家中，娘系着围裙在灶间做饭，看着叶儿，娘的泪水掉在了地上，打湿了一片，爹阴沉着脸抽烟，叶儿叫一声："爹，娘，我回来了。"娘的泪水像捏菜水一样流得更多了。

爹说了："闺女啊，你还是回去吧，农村没法呆啊。"叶儿惊恐地张大了嘴，可最终还是将满腔的委屈咽进了肚子中。本来，她想偎在娘身边，给娘好好倒一下自己的苦水。看来，不可能了。

叶儿又回到了城里，她开始提着行李找工作。有人认出了她：那不是给人当保姆，打官司的那个黄叶儿吗？男主人们避开了她，女人们也躲开了她，叶儿这名字响彻了城市的大街小巷。

最后，叶儿在一家小饭店做工，说是饭店，也只有三张桌子的小餐馆而已。但总算有处栖身了，老板兼厨师，满身肥肉的老板几乎能流出油来，叶儿看到他那一身肥肉，就想起了家中那头猪，叶儿不能这么说，叶儿只能悄悄地洗碗。

老板总是用他沾满油渍的肥手，捏捏叶儿的脸蛋，有的时候，趁叶儿不注意，还拍拍她的屁股，叶儿厌恶那双像猪蹄一样的手。

老板说了，你早已成了破鞋了，还假装正经呢，野鸡装了一个处女势。我摸摸还不行啊？叶儿突然间感觉天眩地转。她知道，没有人能够相信她。她只能是一片被人忘记的黄叶而已。

叶儿是在最失落的时候又碰上一脸喜气的二妮的，好家伙，秋天了，她还穿着薄薄的裙子，嘴巴红得像喝过了生猪血。一看这样子，叶儿就清楚，二妮子做什么工作了。叶儿不好意思直接问，可二妮子大言不惭地说，这年头，年轻就是本钱，就是资本，趁早挣些钱才是最主要的。

二妮子没有说服叶儿，叶儿依然在小饭馆打工，拿微薄的薪水，可她心安。

叶儿在一次偶然的机会，认识了男孩亮，叶儿感觉到自己生命中才有了一点阳光，男孩子亮对叶儿非常的好，叶儿也心甘情愿的为他付出。

就在叶儿将自己的全部交给亮的时候，二妮子出现了，她大大方方地说："叶儿，跟着我干吧，你看你现在都这样了，名副其实的'破烂'了，还在乎什么啊？再说了，亮也该还我了吧？"在叶儿的逼问下，亮低着头默认了，原来亮不是真心爱着自己，他是二妮子的男朋友。

叶儿哭了，好伤心。

后来的叶儿，在一个大雪纷飞的冬夜，悄悄地将自己挂在了一棵树上。她穿着黄绿色的衣服，长长的身影，长成了这座城市里最后一片树叶。

小葵花

导读：三月从小看尽辛劳耕作的母亲，却还被酒后的父亲欺负，无能为力的三月，就想借小葵花的能量来保护母亲。毕竟，小葵花象征着太阳啊！

夕阳渐渐坠入谷底的时候，夏风缓缓掠过葵花园，向晚的小葵花倦了。

三月坐在土坎上，背对着夕阳，身旁的那只黄狗，神情和三月一样落寞，整个葵花园一片亮黄。远处陡峻的山坡上，像谁不小心打翻了画家的颜料盒子，到处都是黄灿灿的。若不是阵阵暗香袭来，会让人怀疑猛然间闯进了一个童话世界。要么，就是误入了老谋子的满城黄金甲之中。

按说，三月才十岁，不应当有这样的心境。

她喜欢葵花园，每天带着小黑狗无拘无束地奔跑在葵花园里，那明朗的笑声，是她的本真，是童年特有的一种情愫。

这一片葵花园，是妈妈辛苦劳作的成果。

春天，妈妈带着三月找来镞耕机，把地耙平，然后，妈妈在前面用镢头挖坑，三月拎着小篮子往坑里面撒播种子，圆乎乎的葵花种子，饱满而富有生机，像邻家怀了孩子的阿姨肚子那般滚圆。

妈妈告诉她：这个品种叫"三道眉"。三月便细心地在葵花种子上寻找，一道，两道，三道，偶然间有一颗不够了，三月就大声呐喊："妈妈，这颗葵花种子只有两道眉毛，还要不要吗？"

妈妈在地的那头，擦一下额头的汗水，说："不要紧，种吧，十个指头伸出来都不一样齐，更何况是葵花种子呢？"

自从有了女儿，妈妈便不再寂寞，她只要看到女儿，就看到了希望，再多的苦和累，都不足以让她难过。

母女俩的春耕图，被好事的摄影爱好者拍入镜头里，年轻的摄影师，带着对大自然和原生态生活的向往，他对这张不经意间拍摄的照片很满意，还把它拿给三月和妈妈看。

镜头里，三月的脸红扑扑的，妈妈黝黑的脸上，细细密密的汗珠在滚动，可她的眼里满是慈爱，周围是一片广袤的深褐色大地。

母女俩非常高兴，摄影师来自北京，他答应，回去把照片洗出来，就寄给她们。

然而，这一幕，被手拎着酒瓶，摇摇晃晃的父亲看见了。

他揪着妈妈的头发，逼着她问："刚才拿着相机的男子是谁？"

妈妈没有回答，她不想回答。

三月怯生生地回答："不认识，他说要寄照片给我们。"她不想让妈妈挨打，可是，她的话让爸爸更生气了，她狠狠地将妈妈摔倒在葵花地里，妈妈满身沾满了土。

三月被吓哭了，她撕扯着爸爸的裤脚，大声的求爸爸："爸爸，不要打妈妈。"

爸爸踹了一脚三月,拎着酒瓶子离开了。

妈妈的性格倔强,她的泪水滴落在泥土里,她也咬牙忍着。妈妈和三月相依偎着,她告诉三月,以后嫁人,坚决不要嫁爸爸这样的人。

三月似懂非懂地点了点头,她替妈妈擦着泪水。

从此,这一片葵花园便成了三月和妈妈的乐园。

春末夏初的日子里,妈妈给葵花施好肥,带着三月去了城里的姨妈家,表哥比三月大一岁,他比三月知道的东西多。

三月顺着墙根站着,两只手局促不安地揉搓着,表哥很大方,他教三月打游戏《植物大战僵尸》,三月很喜欢这个游戏,她发现,小葵花可以收集阳光,可以制造武器,三月很喜欢。

后来,三月经常做梦,梦见满园的小葵花都聚集了无数太阳的热能,这些热能让爸爸那颗僵硬的心被融化了。

爸爸终于露出了笑脸,妈妈也不再挨打了。

因为妈妈的葵花园里有无数小葵花,有无数的能量。

三月笑醒了,醒来后的三月,便每天去葵花园里给葵花浇水、施肥。她爱一棵棵葵花,她喜欢葵花每天朝着阳光生长的样子。

再内向一点多好

导读: 孩子患病的老师秦忠,发现马小毛在教室里售卖圣诞礼物,意外又发现马小毛的父亲原来是自己的同学,谁知,这父子俩却都是做好事不留名的英雄呢。

十二年前,秦忠穿着破旧的棉袄,从这所学校里走了出去。十二年后的今天,他又回到了这里。

仅仅四年的韶华,岁月悄无声息地把一切都改变了。如今,这个名牌大学毕业的骄子,让岁月打回了一个转身,回到了母校的讲台上。

秦忠安心地在这块生他养他的土地上扎了根。

头发花白的老校长把六年级毕业班交给了秦忠。他语重心长地对秦忠说:"秦忠啊,老师相信你。"老校长曾经是自己的老师,如今还依然在这里默默无闻地教书。望着那张写满岁月沧桑的脸,秦忠的心又一次像上紧了的发条,不敢有丝毫的倦怠。

可最近令秦忠心急上火的不是学生成绩的问题,而是秦忠的家事。秦忠刚满周岁的女儿,被查出来患了心脏病,但令人欣慰的是,这种心脏病只需要做一个手术,就和正常的孩子一样了。秦忠在课余,打遍了电话簿里每一个号码,为孩子筹备做手术的钱。

这段时间,秦忠常常会收到孩子们给自己送来的贺年卡,祝

全民微阅读系列

自己圣诞节快乐。秦忠一向对这些洋人的节日不怎么感兴趣。他自嘲地摇摇说，今非昔比啊！现在的孩子真开化，我像他们这么大点时候，哪知道圣诞节是做什么的呢？

那天，上课铃声响了，秦忠刚准备走进教室去，可没想到，教室里一片混乱，还有其他年级的学生出入六年级的教室。秦忠疑惑地仔细看着，他不知道发生了什么事。

秦忠这才发现，他们班的班长马小毛，正站在讲台上大力宣传圣诞节，向同学们兜售自己的圣诞节礼物，什么圣诞老人，圣诞树、圣诞帽，还有一大堆花花绿绿的玩具堆在讲桌上。惹得同学们纷纷掏出了自己的零花钱。十块五块的，好像不少钱呢。

秦忠终于忍不住了，他疾步走向了讲台，一把掀掉讲桌上的东西，给了马小毛一个耳光，其他同学哗啦一下作鸟兽散。他大声的责备着："我的学生，怎么能如此外向呢？把学校当成自由市场了吗？马小毛，下午让你的家长来见我！"

马小毛哭着回到了座位上。

刚吃过午饭，秦忠还在想，怎么样才能让孩子们收收心，离毕业考试只剩下一百多天时间了。这个班怎么能如一盘散沙呢？那样自己对老校长没法交代，也对不起那些父老乡亲们。

对，"擒贼先擒王"呢，虽然把孩子比喻成贼不太贴切，但是，总得先从马小毛开始，更何况他是班长。他得煞煞这股歪风邪气。

正在这时，一个穿皮大衣的男人，敲开了秦忠的门。

秦忠感觉来人有点面熟，但他想不起来，在哪里见过面。来人也热情地对秦忠说："你好，我是马大伟——马小毛的家长。"

两个人对视间，都不约而同地哈哈大笑起来。这个人，秦忠怎么会忘记呢？而他怎么能忘记秦忠呢！他俩从穿开裆裤时就在一起玩过泥巴呢。后来,马大伟中学毕业就回家了。再后来听说去了上海,没想到在这里见到了他。

秦忠急切地问,听说你去上海了,什么时候回来的?

马大伟拍了拍秦忠的背,两个人坐在一起忆起了童年的一些事情,全然忘记了他们见面的目的是什么。

马大伟讲他们用橡皮筋做了弹弓打麻雀,掏麻雀蛋时不小心划破了裤子,一起挨母亲的打。虽然这样,马大伟仍然是一个内向的孩子,平日里不爱说话,跟人讲话,总是低着头看地面,好像地上有着无数的金子,能够吸引他的眼球。他声音小得如蚊子叫,而且一说话就脸红。

乡间的孩子爱彼此起绰号,但绰号总代表人的个性,那些鲜活活的词儿,有时候还真像。大家都叫马大伟"蚊子",如今的马大伟,已经不是当初那个被孩子们称作蚊子的小屁孩了。如今的他,开了一家饮料加工厂,农村的苹果、梨、猕猴桃,全是天然的食品,是他生意源源不断的材料。如今,城里又兴起了绿色食品,他的饮料厂风风火火地发达起来了。

最终的话题落到了马小毛身上,秦忠感觉有点不好意思地说:"不管怎么说,我不该动手打孩子。当时真冲动,我也是恨铁不成钢,还望你不要责怪啊!"

马大伟却说:"那孩子,一点不像咱们那会儿,我倒希望他能内向一点,这样学习才踏实呢。"

秦忠也奇怪地问:"按说,你们家不缺钱花,你儿子怎么在学校做起生意来呢?是不是你总在孩子面前灌输你的生意经啊?"

"我也感觉奇怪,我也希望他能够认真学习,将来像你一样考上大学呢!"马大伟委屈的说。

为此,秦忠老师多次询问马小毛,他都没有说。不过,这个班从那以后，再没有发生此类的事情，孩子们都如愿地考入自己理想的中学。

暑假里，秦忠给女儿做手术的那天，接到两笔汇款，都没有署名，但秦忠怎么会忘记，那父子俩各自的笔迹呢。只是后者，听说是课余勤工俭学赚来的。

秦忠的眼睛模糊了。

地球上的最后两个人

导读：由于人类对大自然的破坏，大自然反过来也威胁着人类的生存。雾霾、海啸、地震、沙尘暴等都在威胁着我们，此主题给了我们更多的思考和警醒。

"哈哈哈……我成功了。人类终于被我征服了，地球上除了蚊子和苍蝇，再没有别的生物了。"垃圾国国王一声仰天大笑，成千上万的苍蝇蚊子聚集在了地球的角角落落，嗡嗡嘤嘤地叫嚣着。

"大王，不好了，不好了！超能分子仪发现了地球上还有两个人。"一只头大如斗的苍蝇跑进来，惊慌失措地报告。

"慌什么？快说，怎么回事？"国王一声呵斥。

"超能分子仪显示了大体范围：一个人在内蒙古大草原，另一个人在大兴安岭的原始森林里。"

"哈哈哈……小的们，给我用光子分解仪搜索。"国王轻蔑地笑了笑。

"报告大王,光子分解仪搜索不到。太阳被人类工厂的废气笼罩得严严实实,再加上太阳黑子的威胁,太阳也已经变成白色的了,光线太微弱,用它根本无法来搜索了。"一只肥头大耳的蚊子回着话。

"好,就让苍蝇用我最近新发明的骨血细胞追踪仪搜索! 还怕制服不了小小的两个人吗?"国王回到了硕大的垃圾椅上——那是由人类以前玻璃厂的废渣滓,钢厂的碎铁屑堆砌成的。远看像一个魔窟,国王却将钢铁一样的身子,舒舒服服嗖地一下子就钻了进去。

两只苍蝇丝毫不敢怠慢,马上出去搜索了。这个骨血细胞追踪仪是国王的新专利。他利用人类的血液和骨髓提炼细胞质,并加以凝化,于是组合成一种新仪器。骨血细胞追踪仪精确度超过了百分之二百。

大约过了半个小时,苍蝇拎着一个人前来报告了。它重重地将那个只有指甲盖一样大小的人甩在了地上。

"说,靠什么活了下来?"国王吼道。

"报……报告国王……我……我吃的是人类以前旅游时扔在草原上的塑料袋,还有一次性的饭盒,还有腐尸。喝的是死去的同类的残血。我的胃里全是这些东西,地球上已经没有食物了,几乎连草根都找不到了。"那个人颤抖着回答。

"那你住在哪里?"国王继续问。

"住……住在半片草叶里,草原上只剩下那半片草叶可以安身了。大……大大王,您饶了我吧。"那个人的舌头打着卷儿。

"哈哈哈……"国王又一声大笑,大地颤栗了,天空的乌云呼啦啦地移动着。

"看来,你已经向我们垃圾国靠拢了,你只需要再吃上一粒农药残留丸和化肥晶体颗粒,你就变成一只真正的蚊子了,你可否愿意?"国王傲慢地问道。

"愿意,愿意。人类已经没有让我留恋的了。"那个人,他再也没有别的退路了。

就这样,人类只剩下最后一个人了。

不久,一只身高一米多的苍蝇远远地抛下了一个人。这个如圆球状的人连滚带爬地跑到了国王跟前,求饶说:"国王,你是天底下最好的国王,你别让我死,怎么样都成啊。"

国王仔细一看才发现,这个人头上长了两只触角,灯泡一样的眼睛占满了整个脸,腮一翕一合地吐着泡泡,尖尖的嘴如钢针一样翘起来。他的肚子像吹大了的气球,里面充满了氯气、氰、一氧化碳等多种气体。他的腿也变成了两只翅膀,轻轻地扇动着。随时随地准备飞起来。显然,他已经是垃圾国的一个成员了,就用不着杀他了。

国王又一阵哈哈大笑,天空中电闪雷鸣,地上裂了一条缝,随即又愈合了。

山崩了,石裂了,海枯了,只剩下垃圾成堆、浮尸遍布的一条污水河自东向西缓缓流去……

葡萄兔

导读：科学技术在迅猛的发展，带给了人们更多的生活享受，然而，很多病菌的杀伤力已经远远超过以前的病菌的破坏力。医药科技的迅速发展加快了病毒的变种，以至于科技的发展速度已经跟不上病毒的变种速度，或许有一天人类会灭亡于某一场大的瘟疫。

2180年，M国的动物学家W博士自从完成了克隆人的高端技术后，他的发明一下子如滔滔江水一样绵绵不绝。

第二年，他又开始了新的课题，给猫的基因注入了老虎的基因做实验。两年之后，一种新的动物产生了。它如老虎般高大，性格却如猫一样温柔，这项发明获得了贝诺它奖，这种新的动物也相继被人们当宠物购买，很快便掀起了一股热潮。

S博士是一个植物学家，W博士的朋友。他看到W博士一项又一项的成果获奖，心里非常嫉妒和苦闷。

那天，S博士坐在实验室里冥思苦想。

突然，一株玉米说话了："你将草莓的基因注入玉米的基因，不就是一项成功的发明吗？"

S博士恍然大悟，立即着手做实验。

两年后，S博士很快就发明了一种能结出草莓味的玉米棒子，这种植物有着草莓的香味，又有玉米的形状。

当这种高科技成果很快在全国大力推广应用时，S博士感慨万千地说:"只有想不到,没有做不到啊。"

一天,W 博士找到 S 博士,说他准备做一个动物和植物的结合体,让人类的食物中有动植物之优势。没想到,S 博士也正有此意,他俩一拍即合。

他们首选了兔子和葡萄作为研究对象,将葡萄的基因注入了兔子的基因,并将这一工程命名为 graperabbit(葡萄兔)。

经过了上百次的试验,成千上万的兔子死的死,病的病了,都没有成功。

就在他们准备放弃的时候,却产生了意想不到的结果,一只兔子的毛渐渐变成了绿色的茸毛,而且,它习惯了每天晒三个小时的太阳,整天一动不动的。

不喜欢走动的兔子,背部渐渐有了大小不等的颗粒状突起,一颗颗突起后来变成了一串串紫红的葡萄。

S 博士欣喜若狂,兴奋地喊道:"太神奇了!"

W 博士顺手摘了一颗放到了嘴里,嘴角流出了浓浓的血汁。

这只兔子渐渐以植物的形态活着。春天,它的皮肤上又一点点长出绿茸毛,犹如原野上的草,生机勃勃。秋天一过,它全身的毛就由绿色变成了黄色,风一吹过,便像树叶一样纷纷飘落。他们的这项发明又一次获得了贝诺它奖。

五年后,W 博士和 S 博士都同时死在了一个月黑风高的夜晚,身上没有任何一点伤痕。

据调查,这只葡萄兔携带了一种罕见的病毒,世界上多个科学家对此束手无策。

据报道,M 国爆发了一场来历不明的传染性疾病,而且来势凶猛,死者无数……

全民微阅读系列

火城

导读：暖冬提醒了我们，本文题在写火，意在写水。随着气候的变化，城市缺水愈来愈严重。本文有两个寓意：一、阿孔在强大的工作压力下，如同缺水的城市一样焦灼。二、借以呼吁更多的人爱护我们的水资源，不要让我们的城市变成火城。

阿孔坐在电脑前手忙脚乱地做这个月的销售报表，业务经理一脸阴沉地站在了阿孔的面前，他脸红脖子粗，如同一只将要上战场的雄鸡。

这只雄鸡用手指敲着桌子，咚咚地响声，阿孔感觉到，他整个脑袋一片空白，昨晚已经加了一个晚上的夜班，阿孔感觉到头重脚轻了，本来昨晚就打算好，今天做完这个分析报告，他一定要离开的。

阿孔默默地在心里念叨着：一定要忍着。

经理还在发火，阿孔没有言语，阿孔不住在对自己说："小不忍则乱大谋。"阿孔忍着。

突然间，阿孔看到，经理的嘴里喷出了一团火，一团红红的烈焰已经燃烧到了自己，阿孔拼命地跑，越跑越快，那团火不停地跟着阿孔跑着，阿孔的心里涌起了一阵阵灼痛。

他感觉自己的嗓子冒烟，全身的皮肤像被烧着了，他甚至于听到了自己皮肤燃烧的声音，有一股肉的焦臭味传来。

阿孔实在跑不动了,他累得躺倒在地上。突然间,在阿孔抬起头的瞬间,他惊奇地发现,整个 B 城处在一片火海之中,阿孔看到,好多人在逃跑,大多数人身上都裹着一大团火,在火里挣扎着,阿孔不再害怕了,他甚至于这样想,火有什么可怕呢?

大家都在火中,不光是我,我为什么要害怕?一种从心底升腾起的平衡感,让他不再害怕。

阿孔坐在火中,如同坐在一个平坦而舒服的沙发中,阿孔看着一个个在火中翻腾的人。如同观众面对杂技中的钻火圈表演一样让他开怀大笑。

他还忍不住在旁边拍拍手,连声的叫好,好,再来一个前滚翻。

那些在火中的人们,不住地翻腾着,挣扎着,阿孔看到了,自己的业务经理,他也不住在火中翻腾着,阿孔有一种从心底升起的报复感,你也有今天啦!

业务经理的脸不住的抽搐着,他的面孔变得狰狞不堪。

整个 B 城火海中, 大人小孩老人都无一例外的在翻滚着,B 城的人们大声的喊叫着:"来人啊! 救命啊!"然而,此地此刻,所有的人都在逃命,谁也顾不了那么多,所有的人都奔向了北方。

天空一片通红,血红的太阳,几乎滴出腥味来。阿孔张开嘴巴,伸直了舌头,他想要接住那滴下来的红色。

此时,哭声呼喊声,几乎要淹没了整个城市,阿孔的头不住在颤动着,他感觉自己的脑袋有一种撕裂的痛疼。

阿孔惊叫着,喊着,"爹,娘,快来救我。"他隐隐约约地听见了爹娘在喊:"孔儿,孔儿……"那声音由远及近而来,传到了阿孔的耳边,无比舒坦。一双粗糙的大手握住了阿孔的手,阿孔安静了。他的头也不再疼痛了。只是有着隐隐约约声音从远处传来了。还有隐隐约约的哭泣声传来，阿孔惊叫着："爹，娘……"

阿孔焦急地喊着自己刚两岁半的儿子："娃儿，你在哪儿呢？

孩子声音甜甜地叫着："爸爸，我在这里。"

阿孔想去拥抱自己的孩子，儿子却躲在远处望着。阿孔发现自己没有了身体，轻轻地飘着，飘在被火烧过的天空上。

孩子在高声地喊着："爸爸，快来救我，我快渴死了。"

阿孔不住地对儿子说："爸爸这就去给你找水喝，找很多很多的水。"

然而，阿孔找遍了 B 城，也没有找到一滴水，阿孔父亲的声音："儿啊！B 城已经没水了，水位在不停的下降！已经不能维持人类生存的需要，不光 B 城，整个人类地球都将是一片火海。"

阿孔摇了摇头，歇斯底里地喊："不可能！绝对不可能！"

另一个声音喊着："那是在两千万人口存在的前提下，土壤吸收，植被，都能消化降水，可是现在，高楼大厦挡住了阳光，混凝土代替了土壤和植被，所有的降水都聚集在水坑中。

城市的水管、油管、天然气管管道破裂，火警到处都是，但是却灭不了这么大的火，我们只能看到 B 城一点一点的消失。

阿孔不住在喊着，他感觉整个人空了。

"火！火！火……"

"醒醒，阿孔！"有人摇着阿孔。

阿孔看到，面前的电脑屏幕里，一只魔兽正张开大嘴，红红的火焰喷涌而出，而它已经早死了好几分钟。

第一辑

爱情花瓣雨

梦里的花瓣雨惊扰了时光，却无处将灵魂安放，花开花落难以忆起当初的模样，爱情在心湖里跌宕，灵魂依旧在诗行里寻找方向。

醉 马

导读：一匹老马，都能找到自己的家。嗜酒的画家扎西，是否也该回家了。

草原的黎明是在马的嘶叫声中醒来的。

画家扎西骑着枣红马，从草原上兜了一圈回来了。远处的马群在后边昂扬地叫起来，朝霞把草原点燃了。

枣红马在霞光中毛色愈加发亮，满身的腱子肉，突碌碌抖动着。扎西拍拍枣红马的头说，好小子，不错！枣红马顺从地用右前蹄在地上点着，如同感谢夸奖一般。

扎西把枣红马拴进了马圈，自己进了屋，枣红马望着远方，摇了摇头，打了一个长长的响鼻。

扎西又一次站在门口，倚着那扇黑色的木门，望着枣红马，眼神中充满浓浓的爱意。

画家嗜酒。

他画的马，多是从草原上回来后，酒后一挥而就。画家的马，多是那种激情四溢，驰骋草原的境界。

草原，骏马，牧马的姑娘，都在扎西的笔下栩栩如生。

然而，扎西的枣红马，却在一次草原之行中失踪了。扎西在茫茫的大草原上不停地奔走着，却不见枣红马的影子。扎西没法，只能在草原上安营扎寨了。找不到枣红马，他是不会离开的。

没有了枣红马，扎西的日子空落落的。

扎西拿着画笔，坐在草原上，一坐就是一整天，他画马，也画他对枣红马的思念。

夕阳西下，扎西坐在草原上，望着太阳快要落下的地方，默默地出神。他拎着一瓶酒，一个人自斟自饮。喝高了，他就放声大唱，直唱得太阳落山，日头跌进了山间。直唱到泪流满面，扎西才摇摇晃晃地回到他的蒙古包中。醉了，扎西就画马，扎西的马儿，在酒后，多了一份柔媚的风味，好多朋友都笑他，这不是草原的马，扎西不语。

扎西在草原上一住就是三年。草青了，草枯了。扎西的日子仍然一天天被复制着。

那天，扎西在草原上画马，他坐在高高的坡上，放眼绿色的草原，枣红马就是这个时候重现的。

扎西望着缓缓走来的枣红马，眼里充血般酸涩。

他坐着没动，只是用画笔记下了那三匹马，那三匹马，左边枣红马，右边是一匹白色的马，中间是一匹小白马。扎西明白了，枣红马有家有孩子了，这是一个温馨的三口之家。

扎西的心猛烈地震颤着，酒后的笔下，也不像往日那样狂放不羁了。他一改往日风格，破天荒地画了草原，朝霞和这三匹马悠然在草原的场景。

枣红马默默地走到扎西的画架旁站定。

扎西起身，他看到枣红马亲切用头在小马的身上蹭着，少有的亲昵，扎西记得枣红马的性情是暴躁的。曾经好几次，他都让枣红马从马背上摔下来好几次，到现在腰伤还没有痊愈呢！

枣红马带着一家三口，在扎西那里安顿了下来。

那天晚上，扎西醉了，他醉得很彻底。

补丁

恍惚中，扎西看到了，女儿扎着羊角辫，背着书包，女儿露出那颗可爱的虎牙，一脸灿烂的对着他笑。妻子系着围裙，一直在忙碌着。他从床上爬起来，刚骑上枣红马，妻子从灶间赶了出来，她苦苦哀求着，你腰间的伤还没有好彻底，草原上湿气太重，你不能去啊！

酒后的扎西，没有理会妻子的苦口婆心，他一挥鞭子，鞭子在空中划了一道弧，等妻子和女儿回过神，枣红马已经走出了好大一段路程。妻子在后面默默地哭了，扎西只要草原，马儿和画。对于男人来说，他喜欢马，其实是喜欢一种征服和驾驭。

直到太阳升到了半空中，扎西才从梦中醒来。他突然间想到了女儿和妻子。那个一直都默默不语的女人，现在在做什么呢？可爱的女儿，还在倚着门框等着爸爸给她买泡泡糖？

扎西是被一声马的嘶鸣声惊醒了，那阵长长的嘶鸣声，带着悲伤、恐慌和决绝。

扎西赶忙起身，眼前的那一幕，把他惊呆了。

枣红马浑身湿淋淋的，如同水中捞出来一般。

它在草原上狂奔了一阵，仰天长啸一声，然后，转回来倒在了蒙古包前面的草地上。

那匹白马和小马，紧紧地依偎在了枣红马的身边。扎西看到，白马落泪了，泪水从白马的眼角淌了出来。

扎西埋葬了枣红马，他轻轻地抚摸着白马的头，将无限的爱恋传递着。

扎西的《爱》在一次全国摄影大赛中得了奖。画中是朝霞初升的早晨，三匹马尽情地在草原上撒欢的一幅全家福。

扎西被深深感动了。

他把白马和它的孩子，寄养在了草原的朋友家中。

悄悄离开了草原,临行着,他对白马说:委屈你几天,我还会回来。回来时,我将带上女儿和妻子,也很幸福。

然后,他坐上了火车,回到了久违的家,回到了爱人和女儿的所在的那个家,轻轻地扣响了门环。

锁

导读:有形锁锁住了手和脚,至少爱还活着。无形锁锁住心,爱却生锈了。爱其实也是一把无形的锁。

"丁明泽疯了!"

"你听谁瞎说的?"

"我亲眼见到!"米薇喝口水,口气冷冽而决绝,容不得我怀疑她话语的真实度。

我用征询的目光探测着,短暂的沉默,却没有割断两个女人内心深处那条若有若无的连线。两条以我和米薇为点的射线,尽头都有一个人——丁明泽。

谁也没有想到,五年后,竟然是这样的结局。

此时,我们俩人坐在"旧时光"咖啡厅里的三角形转角桌边。现在是夏日午后两点半,大多数城里人都沉浸在午休或者午休后的慵懒状态中,空气滑腻腻的,流速似乎也不顺畅了。

咖啡馆座落在一条深巷子里,周围是一溜儿用石块砌成的自然墙壁,爬满墙的绿色藤蔓,把咖啡馆的青色砖块掩映着。景色不错,却是难见的都市休闲地了。这里晚上生意很好,经常会暴座。

面前的两杯咖啡渐凉。米薇的目光,定格在了她对面那个空座位上。

"给我一个空杯子,和这个一模一样的。"她左手端起咖啡杯,用右手食指指给服务员。我茫然的望着米薇,想看她到底想干什么?

她双手从服务员手中接过那只空杯子,小心翼翼地放在对面的空位子上,然后,端过自己的咖啡杯和那只杯子对碰了一下,神情凝重,连空气也似乎凝结成了板块,稍有闪失,便会喀嚓作响或者断裂。

"快说呀,你想急死我啊!"

米薇突然间双手捂住眼睛,肩膀一耸一耸地低泣着,随后便忍不住呜咽着。她的哭声惹来了许多好奇的目光,有几个人从高耸的沙发靠背处,侧过身子打探着,见两个女人坐一起,便都不由自主地缩回身子。

我没有拦她,任由她好好哭上一阵子,此刻,沉默是对她最大的安慰。

米薇哭了大概有十多分钟,她才缓缓地抬起头来,两只眼睛像两颗鲜红的桃子,我适时地递给她一张纸巾。才仔细的打量了一下她,她这次去西北旅游,竟然晒黑了。她的皮肤一向都是出奇的白,再怎么晒也不会失色。看来,这次她失色了。

她擦完了眼泪,平静了下来,还没等我着急问她话,她却像在自言自语地说:"爱其实也是一把无形的锁。"

说这话时,她已经将眼镜挂在了鼻梁上,而且很哲理地向上推了推。

全民微阅读系列

"少废话，别装深沉了，快说说，你这次西北之行，到底发生了什么事儿？"我是个急性子，当然嘴也快，说话总是竹筒里倒豆子，容不得谁磨磨唧唧，慢慢腾腾。

毕业的那天，丁明泽面对两个真心爱他的女子——我和米薇。

他背着背包，拎着相机，头也不回地离开了。他说，三年之后，他再做决定。

我放弃了。

米薇却执着地奔走在寻找他的路上。

他去西藏，她追随。他去新疆，她继续追寻着他的脚步。

然而，米薇每次面对的，都是丁明泽有了新的驴友。

三年了，丁明泽最后的选择是，一个和他一样喜欢旅行的姑娘，那个小姑娘采采，说话温柔如水，做事却斩钉截铁。

他将家安顿在了宁夏的一个小城市里，采采爱他，爱得如痴如醉。

和她相恋之后的丁明泽，渐渐地发现，采采的爱令他窒息。

采采不允许他有除了她之外的女生，丁明泽几乎和我们全班同学都失去了联系，他的手机被换了号码，微信，QQ 这些和外界有联系的通道，都必须经过采采的审核。

丁明泽在一个夜里，爬上了二楼的窗户，跳了下去，可他却只是被摔断了腿。

腿伤了，采采依旧对他温情脉脉地呵护着，端茶送水，洗衣服做饭，甚至连洗澡都帮他。

丁明泽却面对外面的世界，目光空洞，嘴里念念有词，细细倾听，才发现，都是在念叨我们班同学的名字。

腿伤好了的丁明泽，却窝在家里不肯出来，他有时候在大街上旁若无人地裸奔。

采采经常含着眼泪把他从大街上拉回。

米薇去宁夏旅游的时候,相机的镜头正好聚集在了那一幕。

"没啦?"我似乎觉得故事还没有听完。

"就这些!"米薇平静地回答。

两棵树

导读:爱情要经得起考验,来不得半点杂质。哪怕曾经如两棵树般缠绵,留下的也惟有心伤。

雷米提起柔软的羊毫笔,将笔伸进了砚台中,毛笔在光滑的端砚中翻滚了两下。

一点墨融于水,随性而淡,浓、枯、润、到了宣纸上,他以千万种变化,洇晕成画。

他的画,画面干净,清澈。

如洗的天空,几乎能拧出水来。

春夏交接的天空下,只有两棵倒槐。

两个树冠,像两把撑开的大伞,肆意而内敛,隐忍而张扬。

树枝呈弧形向下弯曲着,像极了伞的骨。椭圆形的树叶,密密匝匝地盖下来,像要掩藏更多的心事儿。

天空中的阳光,让两棵树泛起了粼粼的波光。

粗看,仅仅只是两棵倒槐而已,细看,却分明,两棵树的枝条,你伸向我,我攀着你。

左边的树笔挺笔挺的,树杈错落有致,层层叠叠的。分明不是树,而是一个健壮的男子,手挽着心爱的姑娘,那飘飘洒洒的秀发,有着撩人的妩媚。女子的柔媚、缥缈如云的服饰,缠绵的润泽。

这是雷米走之前的最后一幅画儿。

三年后,这幅画儿在一次画展中展出。那天,有个披着长发的姑娘,久久地站在画前。良久,她用五十万买走了这幅画。

好多人都摇头说,这幅画不值这么多钱。再说,画家也不是多么出名。

姑娘笑了笑。

姑娘真美,坚挺的鼻梁,碧空般幽深的眸子,有着天鹅绒般的高贵,却又分明泛着涟漪。无与伦比的宽额头,她优雅而高贵的线条美。

姑娘付完款,他向工作人员提出了一个要求,要想见一下这位画家。

工作人员经过多方打听,终于联系上了画家的助理。

当满头银发的雷米,被助理推着轮椅,送到姑娘面前时,一向呆痴、疯癫的雷米,瞳孔突然间放大了。

他挣脱工作人中的手,从轮椅上站了起来,他一把抱住姑娘喊道:"倪娜,倪娜……"

"不,不……"姑娘躲避着。

工作人员和助理将雷米拽回到轮椅上,雷米还试图挣扎着起来。

直到离开,雷米都不肯安静下来。

"对不起,姑娘,雷米已经疯癫了几乎三十年了。可是,像今天这种状况还是第一次,希望你能够理解。"助理向姑娘解释着。

第二天,姑娘回到了美国,她将这幅画交给了同样在老人福利院的母亲。

满头银丝的老太太,抱着这幅画,眼角流下了浑浊的泪水。

当人们发现时,老太太抱着这幅画,静静地坐在椅子上故去了。

埋葬完老太太的第二天,姑娘将那幅画和骨灰盒抱了回来。

精神病院的助理,说,自从你那天走后,雷米每天都闹腾着,不肯歇息,每天都靠安定之类的药物才能入睡。

可是,当姑娘将那幅画和骨灰盒递给雷米后,雷米愣怔了片刻,他突然间安静了下来,用粗糙的大手,轻轻地抚摸着,像在抚摸着自己的爱人。

雷米颤抖着,打开一个小铁皮盒子,里面的一张二人的合影。

恰逢雷米的友人前来探望,他告诉姑娘,照片上的姑娘叫倪娜,也是一个才华横溢的画家。

当年的两位学国画的同学,也是恋人,雷米才华傲人,像磐石般坚实。

而倪娜的才华也如同孤峰,毕业设计的时候,正逢雷米创作的瓶颈期,导师只选一个人。

雷米只轻轻地瞥了那么一眼倪娜的作品,他的聪明才华,让他终于赢得了导师的青睐。

而倪娜,原创遭遇了山寨版。

两个极要好的恋人,从此天各一方,雷米一生未娶。

友人说,他一生只爱过倪娜……

姑娘轻轻地打开幅画,仔细的端详着,那两树,相傍而生,你的枝伸向了我的干,我的藤缠着你的根。

想要分开,必须动用斧子之类的利器。

雷米是抱着倪娜的骨灰盒安静地闭上了他疲惫的眼睛。

他们合葬的墓碑上,刻着,倪娜、雷米之女 —— 倪米。

打工归来

导读:打工归来的牛大旺,破天荒地为媳妇做了一次"美容",可这却是终极离别。

牛大旺和儿子坐在深圳开往宝鸡的火车上,他一遍又一遍地抚摸着媳妇桃花的脸,这张脸,今天算是值钱了。花了二百多块钱,好好地美容了一番。描眉抹粉的,就是不一样了。媳妇的脸,平时啥也不抹,比城市女人的脸都平整白皙。

牛大旺见过城市女人抹脸的程序,用他的话说,就像他在建筑工地上粉墙一样。一层又一层,涂上一遍水泥,再抹上一层胶,最后再涂一层大白粉。不过,幸好,城市女人和他用的原料不同。

媳妇这张脸,这辈子就今天最值钱了。还记得去年桃花过生日,他也想学城市人好好浪漫一下,偷偷地用七块八毛钱买了一瓶大宝,桃花还说他花钱手太大,到现在都舍不得用,一整瓶还满满的。

往日里要想亲一下媳妇的脸,还要背过儿子,偷偷摸摸的,像做贼一样。今天,他大大方方地抚摸着桃花的脸,儿子也不言语，只是噘着个小嘴儿，跟他呕气。这小子，还不是为了他妈的事儿呀。

哎，你说这媳妇桃花，平日里壮得跟头牛一样，头一挨枕头就呼呼大睡。一家三口合租一间十多平米的地下室，睡觉吃饭全在此地，三个人挤这么一间屋子，就连转个臀也要侧过身，两张床并排在一起，中间拉了一道帘子，晚上想和媳妇亲热，那木板床就咯吱咯吱地直响，还真是扫兴啊。说实在的，那张床也太窄了。呵，就这，那些工友们也常常羡慕嫉妒他，都笑他，你就知足吧，别人一个人睡干板硬床，你小子有嫂子那么软和的席梦思，你还说挤，真不知好歹。

可这桃花，怎么说病就病了。天天说胃痛，痛就痛了，农村人瓷实，痛了，吃两片止痛药，转眼不痛了，就去建筑工地上和水泥沙子，像男人一样有干劲。每月可以领一千多块钱，桃花乐得天天笑咪咪的。可这次，两大瓶止痛药吃完了，还是痛，疼痛袭来时，她就像吃糖一样，将止痛药抓一大把塞进嘴里。最后，还是疼昏过去了，黄豆大般的汗珠子滚下来了，才想起来送医院。在深圳大医院里，她醒过来第一句话是，我想回家了。

牛大旺望着媳妇的脸，眼泪不由自主地流下来了。他靠在媳妇的脸上睡着了，梦中，桃花给他端来了一大碗冒着热气的臊子面，他躺在热腾腾的炕头上，嗞溜嗞溜地吸着面条，吃完后，扔下碗，他又美美地躺下来睡觉了，桃花笑呵呵地端着碗洗涮去了。他想，真幸福呀，比深圳的男人幸福，深圳男人还要系着围裙自己下厨房，咱大老爷们，多乐活呀。

火车一路恍荡到了宝鸡，牛大旺就抱着媳妇下了火车。他小心翼翼地，生怕哪个胳膊肘不小心碰了媳妇的一点发丝，用一只手护着，另一只手提着行李，儿子耷拉着头，拎着一只大包跟在

全民微阅读系列

他身后。

车站上，侄子牛大富一把抱住他说："我婶子呢？她怎么没回来？"牛大旺一下子像抓住了救命的稻草，他"哇"地哭出了声，很大声地哭，边哭边说："你婶子回来了，和我们爷俩一起回来了。"

这么长时间，从深圳到宝鸡，第一次听到家乡话，亲切，真亲切啊。

哭完了，牛大旺这才慢慢放下了自己抱着的媳妇桃花——一只精巧的骨灰盒。媳妇桃花就静静地躺在里面。他把那个骨灰盒放在了家中最显眼最高的位置，深深地磕了几个响头。在老家，自古男儿膝下有黄金，不轻意下跪的，何况是给自己的女人呢。他觉得媳妇跟了他太亏了，他就行了大礼。老村长也没有反对，村里人也没有反对。他们知道，大旺这娃厚道，伤心了，他要跪就让他跪吧，祖宗的礼教该改时就改改吧。

最终，媳妇桃花入了土，牛大旺用媳妇在深圳挣的钱，给她做了一个大大的柏木棺材，他嫌那个骨灰盒太憋屈了媳妇。

他说，媳妇，安息吧，我们回来了。

大乔出门

导读：孝顺的大乔，带着瘫痪的老爹出嫁，却失去了自己的爱情。她和铁锁之间，隔着的难道是一个"爹"吗？

俗话说，女大不中留，留来留去留成仇。姑娘大了，就应该找个婆家出门了，关中人把姑娘出嫁叫出门。

大乔早已过了出门的年龄，婆家那边早已催了三四次了，可大乔迟迟不肯做决定，她放心不下瘫在床上的爹，出门的事儿就这么一直搁着。

大乔和铁锁定婚五年了，按理说，早都应该结婚了，可大乔心疼爹啊。

爹原来也是好强之人，自己买了一辆二手拖拉机，农忙时给自己家用之外，到了闲月天，爹就出去拉活儿，挣钱养活他们姐妹俩。可怜的娘，刚生下她们这对双胞胎，就走了。爹这么多年，一个人，既当娘来又当爹，一辈子也不容易呀。

可谁曾想，爹给人拉了一车沙子，就和一辆大货车撞上了，等人赶到时，那个黑心的司机早跑了，爹从此就瘫在床上了。妹妹小乔偶尔帮大乔照顾一下爹，当然，大乔也不放心小乔，成天没心没肺的，让她给爹喂个饭都投机，更别提给爹换一下尿布了。没办法，谁让她比小乔早出生几分钟呢？

铁锁常打电话来，让大乔到大城市里来。他常说，大乔啊，我现在都二十七岁了，你再不来，我可就要学坏了。她想跟铁锁多说几句，今年的麦子长势很好，是个丰收年。可铁锁说他不爱听这话，他想让大乔学城里女人说一句，我爱你，我想你。大乔说，这话太酸了，说不出口。一旁的小乔一下子抢过电话，她咯咯笑着说，铁锁哥，姐想你想得都睡不着觉了，真的，我也想你啊。大乔对这个妹妹是又爱又恨啊。爱她敢作敢为，说出了自己的心里话，恨她，总在一旁偷听铁锁打来的电话。

刚订婚那阵子，爹还没有出事儿，大乔也想跟铁锁到外边去开开眼界。铁锁那一年打工回来，给大乔买了一件裙子，领口开到了胸部，大乔说，这怎么穿，难看死了。铁锁就笑她说，城里的

全民微阅读系列

女人,有的只穿一个胸罩,外边罩一层透明的纱就行了,人家靠这个挣钱,有时候,还把钱也装胸罩里。嘿嘿,人家把那胸部挺得高高的,专门用来挑逗男人们。

大乔就骂铁锁,刚进城没几天,你怎么就成了流氓了呢?铁锁说,你怎么还这么老土啊,这怎么能叫流氓呢?铁锁就搂过大乔想亲她一口。大乔别过脸说不行,等过了门再说吧。铁锁一脸的不乐意,大乔看出来了。

铁锁就给大乔和小乔讲工地上的事儿。晚上不出工了,他们就换上好一点的衣服,到人多一点的地方去,专门看人家城里女人。有一次,一个工友,在天桥上看一个胖女人,那小子也该倒霉,专门盯着人家晃晃荡荡的胸部看,结果还挨了一顿打。大乔就不爱听了,她说你们是一伙大流氓,该打,说完扭头走了。

小乔就摇着铁锁的胳膊,亲亲地叫一声,铁锁哥,后来怎么样了?两个人就嘻嘻哈哈地打闹着。

自从爹病了,大乔的心没一天安稳过,她想和铁锁商量一下,将来她出门的时候,能不能带上自己的爹,可她不知道该怎么说这事啊!

小乔也吵吵嚷嚷地出去打工了。家里的所有事情都压在了大乔的身上,她连喘息的机会都没有。

大乔就先和铁锁的爹妈商量,自己出门带上老爹行不?可人家两个老人也为难,没说不字,也没说行,大乔这颗心就这么悬着。

后来,铁锁来信了,他在信中说,如果大乔出门要带个爹,他们的婚事就算结束了,大乔流着泪水和铁锁退了婚。

大乔就放出风,谁愿意娶她,只要让她带上自己的爹。哪怕是二婚也成。这个消息像长了翅膀的鸟儿,一下子飞到了四邻八乡。

　　媒婆找上了门，男方是一个四十多岁的人，他愿意照顾大乔的爹。大乔只和他见过一面就答应了。

　　大乔出门了，出门那天，小乔也回来了，她是来参加姐姐婚礼的，和小乔亲切地手挽手的那个人，是铁锁。

　　大乔的心被刺疼了，好疼。

口　红

　　导读：识人是一门复杂的学问，九仙做梦也想不到，二憨子会在外面有别的女人，真是知人知面不知心啊！

　　俗话说，画龙画虎难画骨，知人知面不知心啊。九仙，你说这么晚了，二憨子会不会在外面有女人了？九仙娘担忧地问。

　　九仙停下正在踩缝纫机的脚，笑得花枝乱颤。娘呀，说别人可能，可你怀疑二憨子，那真是笑破人肚皮啊。现在的男人，有钱了才变坏，就他二憨子那样，没钱没权。再说了，一个土不拉叽歪瓜裂枣的农民，哪个城里女人看上他，那真是瞎眼了。

　　娘气呼呼地回了一句，这人心隔着肚皮，到时候有你哭的。说完，娘扭了扭水桶一样肥硕的腰身出门拉家常去了。

　　二憨子到城里搭场子去了，俗称钓鱼，也就是农闲了，到城里的劳务市场去给人做工，干完一天的活，给一天的工钱。说是搭场子，有时候也搭不上，来一个主顾，大家都一拥而上，争先恐后的表白自己身体壮,雇主当然有主动权,人家看中谁,就大手一挥,你你你! 跟我来! 就这样简单的雇佣关系。不过,搭不上也没关系。

二憨子挺幸运, 主要是人家看中他身体壮吧。有时候也不行,没有主雇,他就在城里转悠一会儿再回家。

二憨子那天晚上还真的没有回去,第二天晚上十点,他才大汗淋漓地回到家。

九仙看着全身被汗湿透的二憨子, 心疼地端一碗热饭递了过去。她望着狼吞虎咽的二憨子说,小心,别噎着。

二憨子主动给九仙说,你不知道,今天那活,全是钢筋呀,累死人了,这哪叫挣钱,叫挣命呢。从鸡叫熬到半夜,为的就是人家那两个鸡眼仁子。九仙看着二憨子双肩被绳子勒得红肿的血道子,心疼得直掉泪。

二憨子这两天没去城里。他特别勤快,什么活儿都做,还偷偷帮九仙洗了一条内裤。九仙又想起娘说过的话,她就一个人痴痴地笑,但她没给二憨子说。像这样的男人,在柿树村找不到第二个了,怀疑谁也不能是他呀。她就在心里埋怨着娘,真多事。

过了两天,二憨子又要到城里去搭场子了,九仙当然不会拦他,这是给自己家里挣钱呢。

娘又看着二憨子的背影嘀咕着,这没事献殷勤,非奸即盗。娘的神情怪怪的,九仙没有再说话。她打算今天二憨子回来,就好好问问。

二憨子回家后,九仙故意绷着脸问他:听说你被一个漂亮的城里女人雇去了? 还在他她家吃了饭?

"啊!"二憨子端着的水杯子啪一下在地上摔碎了。他神情紧张的问:"谁,谁告诉你的? 我不过是……是……我就想这事早晚会露了底。"这二憨子一向说话结巴,一急,他结巴得就更厉害了。

九仙脸上的笑容凝固了。

二憨子老老实实地交代了全过程:那天,都快十点了,我还没有搭上场子,就准备去街道转转。可谁想,大冬天的,一个穿着裙子大衣的女人,他拦住了我,说是她家暖气片坏了,问我会不会修啊。

我就去他们家修,那个女人拿着镜子在我面前化妆,她时不时地拿着一支口红在嘴上涂抹着,然后,上下嘴唇合拢抿一抿,蛮好看的。

我就笑着对她说,你们城里女人就是不一样。那个女人说了,嘴唇是一个女人的旗帜,越鲜艳就越招展。

后来,那天晚上,那个女人就故意找茬说,我做得活儿不细,这儿漏水,那儿不平整。最后她把自己鲜艳的口红让我吃了。这一下,我就像中鸦片一样上了瘾,天天想着那个女人的嘴唇。

女人告诉我,他的男人在很远的西藏当兵,一年只有两个月的探亲假,女人也喜欢让我吃她的口红。有时候,她还在我脸上盖章呢。

最后,我就决定去给媳妇九仙买一支口红,自己老婆也应当有那么一张招展的旗帜。我转了几家店去买口红,第一次进去后,我的眼睛像贼一样滴溜溜的转动着,店员问我要什么?我说要一支口红,人家给我说,没有口红,只有唇膏,我没买就逃了出来。我问过一个城里女人后才知道,唇膏就是口红。我又去另一家店,人家又对我说,没有唇膏只有唇彩,我又逃了出来。最后,我还是买到了一支口红,装在兜里想去送给媳妇你,可后来那支口红就不见了,八成是丢在了那个女人的家里了。

全民微阅读系列

九仙听完二憨子一五一十的交代，她的喉咙发出了一阵歇斯底里的大喊，像杀猪一样的嚎叫声弥漫了整个村庄。

九仙和二憨子离婚了。

她就问娘，你怎么知道二憨子有别的女人了？娘眯着眼睛说，你们家二憨子，当初第一次见你的时候，就给你送了一条红纱巾，我和你爹不同意，你却一下子让人把心拴去了，怎么样，不听老人言，吃亏在眼前，这句话没错吧。

娘递给九仙一支鲜艳的口红说，闺女，不管什么时候也不要轻看了自己，要对自己好一点才成啊。

九仙惊奇的张大了嘴巴，她终于明白了。

补丁

婚　纱

导读：女人都梦想有一条漂亮的婚纱，得到了婚纱的桂香，却失去了丈夫，婚纱祭奠了她的爱情。

终于准备就绪了，家明望着桂香俊俏的脸，长长地松了一口气。

桂香看着家明一脸的满足，她提醒说："明，你想想，是不是落下什么了？"

"没有了啊，我感觉都齐备了。"家明也疑惑了。

桂香有些不快，她问："你想没想过，我结婚那天穿什么呀？"
家明笑笑说"我还以为是什么大事呢。不是给你买了红裙子吗？"

"不，我想要一件白色的婚纱。"桂香的语气坚决极了。

家明声音小了一些。他说："我娘说，还是穿红色的好，喜庆，白色不吉利啊。"

"什么都是你娘说，你能不能听我说一句啊？嫁给你，我已经够委屈的了。"桂香的泪水早已溢出了眼眶。

提起这茬，家明觉得挺对不住桂香的。桂香在村子里是最漂亮的姑娘了。十里八乡的小伙子都上门求婚。可桂香就一门心思地看上了他这个穷光蛋。自从爹去了后，他们娘俩的日子过得相当恓惶。家明想去外边打工，可娘不让他去，家明心里清楚，那是娘忘不了爹啊。

那一年，爹和村子里的人一块去煤矿打工，可年底等回来的，却是爹被砸得血肉横飞的尸体，已经看不清面目了。没办法，娘只好忍着悲痛找了个捏面人的，用面给爹捏了个头，装进棺材埋葬了。从那以后，娘说什么也不让儿子出去打工了。

这几年，农村的小伙子都走南闯北地出外打工，唯有家明和娘守着几亩薄地两头牛过日子。村子里家家户户盖起了二层的小楼，他们家可就那低矮的土房，成了家明一块心病。不是家明不想，他实在是没钱啊。家明就常在娘耳边念叨："娘，喜子当老板了，领导着五百多个工人呢；娘，二娃又买了一辆车；娘，阿旺家盖了四层楼房了。"娘头也不抬地"嗯"了一声，家明知道，娘不愿意听这些，他也就不再言语了。

桂香觉得，女人结婚，什么都能省下来，但这个婚纱怎么也不能省，好歹她也是村子里的村花，没有婚纱让别人笑话不说，她也觉得没有婚纱别扭啊。

一个女人，没有一件像样的婚纱怎么结婚呢？她见过二妮子的婚纱照，满脸雀斑的二妮子打扮出来，简直像电影明星一样漂亮啊。从那时起,她就渴望有一件白色的婚纱和心爱的人结婚。更何况直到现在,娘的箱底还压着当年的嫁衣呢。无论如何,她都不会让步的。她觉得,就是结婚时穿上一秒钟,她也满足了。哪怕以后吃糠嚼野菜,她也愿意。

家明还是咬紧牙关,狠下心来向亲戚借了一万块钱,五千元给桂香买了一件婚纱,剩下的钱两个人在照相馆美美地照了几十张照片,桂香妩媚的眼神,动人的笑靥,让家明觉得值了。

结婚那天,桂香穿着漂亮的婚纱,快快乐乐地走进了洞房。

婚后的日子,也慢慢忙碌了,桂香系着围裙在家里忙里忙外,家明也忙着春种秋收,但日子还是过不到别人前面。随着女儿的呱呱坠地,日子已经捉襟见肘,更别说给亲戚们还钱了。

家明这次不顾娘的万般阻挠,铁了心去广东打工了。

桂香在家中既要忙着种地,又要管孩子。还有一群鸡呀猪呀牛呀的。皱纹也悄悄爬上了她的额头。每天回到家倒头就睡的她,已经没有心思去看当年的婚纱了。

家明时不时地寄信回来。信中说,桂香,等我挣了钱,给咱家盖一座村子里最漂亮的楼房。等我们结婚五周年,咱也像城市里的人一样,到大饭店去搓一顿,再给你买一件漂亮的白色婚纱。

桂香看完信,心里乐滋滋地想,这个呆子,什么时候也学会了油嘴滑舌啊。她赶紧给家明回信说,你在外边要好好照顾身体,别累坏了,只要吃好住好我就放心了。

那天,四岁的女儿指着那件婚纱说:"妈妈,这件衣服真漂亮,怎么没见你穿呢?"

桂香望着衣柜里日渐发黄的婚纱说:"那是妈妈当年结婚时穿的。"

女儿跳着说:"妈妈,我长大了结婚时也要穿婚纱的。"

桂香喃喃自语地说："是啊，每个女人都要有一件嫁衣的。"

结婚五周年那天，家明如愿回来了。他还托人给桂香买了一件漂亮的婚纱。

可怜的桂香，穿上了洁白的婚纱，为自己心爱的丈夫送了葬，那一袭长纱，成了孝服。

家明在脚手架上日夜劳作，最后，从二十多层高的架子上跌了下来。临死，他还没忘记给桂香买一件婚纱。

桂香整天以泪洗面，她自言自语地说："城里人怎么盖那么高的楼啊？如果当初我不穿那个婚纱，家明也不会死啊！女儿啊，将来你结婚时，再也不要穿婚纱了……"

女儿昂起头问："为什么不要我穿婚纱啊？"

桂香茫然地也问："为什么？为什么？"

出　逃

导读：走进婚姻的女人们，都想出逃一次，给自己的心灵放个假，可她身后，再也不单纯是自己，还有一个"家"和更多的亲人。

和男人吵架了，女人开始收拾行李，准备离家出走。

太窒息了。她想出逃一次，给自己的心灵好好地放一个假。

女人"呼"的一声关了门，身后传来男人的吼声——走了，以后别踏进这个家门半步！

女人已年过三十五了，正在一天天向豆腐渣迈进。她已经记不得为了什么事情,也许是一些鸡毛蒜皮的小事,最终发起战争者大概是女人了,可她还是觉得挺委屈。

女人毅然决然地关了手机,她飞快地挤上了一辆开往乡村的大巴,她要去寻找属于她自己的幸福和宁静。

肆意的泪水在脸上汹涌着,她感觉到自己的脸上贴着无数只好奇的眼睛,同情的、探寻的都有。她已经顾不了那么多了,这是她自己的事情,和别人无关的。

身后的座位上,一对青年情侣依偎在一起,开心地说着悄悄话,但不时飘过的一两句还是会钻进她耳朵中。女人的心更疼了,她也有过这样快乐而纯真的恋情啊。

突然,说话声音一浪高过一浪,女人从她的悲伤中走了出来。原来她俩吵起来了。漂亮时尚的女孩杏目圆睁,一句句话如珠子一样从她的红唇中飞进了出来。"我说过,不回去,你非要回去,你那个破铜烂铁的家!还要见你的七大姑、八大姨!我最住不惯你们家那个脏兮兮的炕,连一床新被子都没有。看着你妈妈的手,我心里就犯腻,真是一个乡巴佬。"

男孩也火了。"不去就不去!谁稀罕你,你去了,我妈把家里最好的东西都给你吃,她把家里唯一下蛋的鸡杀了,给你加营养,你还皱着眉头。你们城里人有什么了不起啊?看不起我们乡下人,你们别吃乡下人种的菜和粮食啊!"

听着两个人你一言我一语的争吵,矛盾的焦点转移到了城里人和乡下人的缺点上了,女孩哭着要下车,男孩心软了,不再言语。

女人忘了自己的忧伤,就开始劝他俩:爱一个人,他不单单是爱人的角色,还是儿子、哥哥、弟弟等多个角色。爱上他,就要包容他的缺点,还有他的家人。不是常说,爱屋及乌吗?女孩渐渐平静了下来，男孩伺机递过来一颗巧克力，俩人相视了一下，破涕为笑了。

女人也被感染了，她和老公不也是这样一路走过来的吗？

车到站了，女孩不好意思地拉过她的手说，原本觉得只是两个人的事，没想到让大家分忧了。女人将女孩的手放到男孩手中说：牵手走吧，爱就是包容。

女人到了风景秀丽的旅游胜地，小溪潺潺，飞瀑流云，她的心又痛了。

一对中年夫妇见她一个人垂泪，主动跟她搭讪。男人高大英俊，女人瘦小屌弱，但她们看起来很幸福。

妻子讲：老公是个小车司机，说起来无非是伺候人的活儿，可妻子为他骄傲。她常在是丈夫教授的姐妹们面前夸孩子他爸接触的党政领导多；在老公是个体老板的姐妹面前夸自己老公文化高；别人老公有钱有权有知识，她夸孩子他爸顾家爱妻子。她幸福地说，靠在他的肩膀上踏实。

妻子呢，是一家商场的营业员，当然，也不是什么能挣钱的体面工作。但老公觉得女同志干这种工作最合适，轻松。他在妻子是公务员的小张面前夸，你嫂子能干；在妻子是总经理的老王面前说，我媳妇温柔贤惠。总之，只有自己的媳妇儿，他觉得实在，虽然别人说她不漂亮。

女人顿悟，慌忙打开手机，一连几十个短信叫个不停。老公的：老婆呀，你在哪里？我都快急死了，我错了还不行啊，快回来吧。

儿子：妈妈，你是不是不要我们了，我想你。

父母：闺女啊，别想不开啊。

她的泪水又一次滑落，这次，很幸福。

全民微阅读系列

其实没有什么大不了的事情,只是人为地将疼痛放大了,又牵动了多少爱着你的人啊!女人激动地拔着一串串熟悉地号码……

她逃不出去了,永远也不可能出逃了。

雪雕新娘

导读:守卫边疆的新兵岗子,失去了女朋友,用雪雕了一个新娘,这是何等的忧伤呢?

皎洁的月光下,星星调皮地眨巴着眼睛,远远望去,雪山像一个躲进白纱帐中的美少女,渐渐地进入了甜蜜的梦乡。

岗子,一个新兵蛋子,厚重的军大衣将他瘦削的身子裹在里边。像一个久久站立的邮筒,在等待着一封封信件的到来那般虔诚。

呼啸的北风吼叫着。此时,岗子仰望着雪山,他开始想家想爹娘,想丽丽了。

不知道是几百米以外的雪山晃了眼睛,还是别的什么原因,他一个人,默默地流泪了。

渐渐地,岗子哭出了声。但是,他像警觉了什么,回头看了一眼,把哭声死死地关在了嘴里,吞了下去。岗子身后一百米,就是营房,班长和老马在看着他哩。他们都知道,岗子的女朋友来信了。可岗子不想让他们知道,他哭了。

整个七班，就班长、老马和岗子三个光葫芦。日子像晒蔫了的萝卜，毫无生机。

岗子清楚地记得他刚来七班的第一天，他兴高采烈地叫喊着："哇，好美的雪山，我爱你。"说得也是，岗子已经十多年没有见过雪是什么样子了，雪已经是记忆中那片白色了。也难怪，岗子生在广东，一年四季都是满眼的绿色，哪像这里，除过荒漠就是雪山，初来乍到的人都感觉到特别新鲜。

班长用艳羡的眼神望着岗子神采飞扬的表情，随着他眼里那团火光的消失，他拍了拍岗子的后背说："兄弟，过几天你就没这么兴奋了，赶紧给自己找一个爱好吧。"

岗子疑惑地说："爱好我有好多呢，班长你有什么爱好呢？"

班长扬了扬手中厚厚的一本书说："我就好这个，不然会被闷死的。"

岗子依然不解地说："这么美丽的地方，活人还会让尿憋死不成。"

老马笑了，笑声有点惨淡，他操着浓重的陕西方言说："小伙子，别高兴得太早，有你娃娃哭的时候。"

老马其实也不老，就比岗子大四岁，常年的风沙，让他看上去苍老了好多。老马的爱好是唱歌，整天站在山上唱。有时候，他还没有开唱，高原反应已经让他的声音沙哑了，他服一点润喉片，又开始放开嗓门吼陕西信天游："提起个家来家有名，家住在绥德三十里铺村……"班长在营房内大喊："回来，你不要命了吗？"

正如班长所料，一个月后，岗子的新鲜感过去了，他的心像猫抓一样的难受。岗子感觉到空中飞过一只苍蝇蚊子，他都要兴奋好大一阵子。

有一天，岗子看到一只屎壳郎。他从早晨一直望到黄昏，他对着那只屎壳郎说，哥们，你不要乱跑，我明天还要来看你。他用一个烟盒将屎壳郎扣在了下面，第二天，等他到了那里，屎壳郎早已没影了，岗子失落了好一阵子。

夜已经深了。班长和老马已经睡下了。岗子擦干泪，不声不响地回到了营房。

第二天，老马在站岗，班长正对着那台十七英寸的电视机较劲。电视信号太弱了，看起来就像下雪，隐隐约约地能看到人影，有时候还发出嗞嗞的噪音，最恼火的，是突然间什么也听不见，什么也看不见。班长有他的绝招，他狠狠地朝电视机啪啪地拍两把，也怪了，图象又出来了。

岗子红着眼圈等班长摆弄完电视，才说："班长，我女朋友来信了，她想看我们的雪山有多美？她说了，如果真正能拍到我在雪山的照片，她答应来雪山当我的新娘。"班长沉思了一会儿说："你小子别耍花招，快去快回，注意安全啊。"

岗子提着工具包，包里装着相机，还有他的雕刻工具。岗子爬到了雪山顶上，他拿出了自己那套雕刻工具，他要雕一个美丽的新娘给自己。他临摹着女朋友的照片，一个酒窝，一种眼神，他都力求做到最完美。新娘在他的雕刀下一点点显现出神韵来，而岗子的手，却渗出了一滴滴血珠子，染红了新娘的头，雪雕像披上婚纱的女子那样惟妙惟肖。

岗子终于完工了。他结结实实地躺在雪地里打了几个滚，随后兴奋地脱下外衣在手里抡起，大声喊着"雪山，我爱你，丽丽，我爱你"，雪山不语，它只是默默地看着岗子。

岗子抱着雪雕的新娘，肆意的泪水一滴滴落在新娘的脸上。

然而，谁又能意料到，一场突如其来的灾难正向他袭来——

雪崩了,班长听到这个消息,他的头皮都发麻了。

第五天,岗子的尸体找到了,在他携带的相机里,岗子深情地拥抱着一个美丽的雪雕女子,他随身的信封里,有一个姑娘的靓照,姑娘说了,你去和雪山过日子吧,我要嫁给别人,明天就结婚了。

班长默默地流着泪,然后转身问老马:"他是第几个雪山上失恋的兵?"

老马无语,他狠狠地向着雪山抛出了一颗石子,好远……

旗　袍

导读:一个不会说话的哑巴,心里藏着多少不为人知的秘密?又有多少温情而忧伤的故事?

巴扎巷是陇镇一条窄窄的深巷,据说这里原来是回民的聚集地。巴扎巷虽窄,却五脏俱全。当清晨第一缕阳光还没有钻进巷子时,卖豆花的,卖包子的,各家的店铺便开始营业了。

直到阳光升到半空时,"咯吱"一声打开门的,是住在巷尾的刘裁缝。刘裁缝伸伸懒腰,打两个哈欠,蹲在门外的下水道边刷牙,扑扑地吐水,牙刷搅得搪瓷缸子回响。没人理会他一个哑巴,大多数人都忙着做生意。

他顺便去牛家包子铺吃几个包子,再喝碗粥,或者油条豆浆。总之,不论吃什么,他总是拿支牙签剔牙,孩子们都跟在他身

全民微阅读系列

后念着:长木匠,短铁匠,不长不短是裁缝。刘裁缝也不恼,他顺手给孩子们一把水果糖,孩子们哄抢着如鸟飞散。

刘裁缝也开始了自己的活计,他系上一条藏蓝色布围裙,将软皮尺随意地搭在脖子上,开始在案板上量布,划线,再用剪刀剪开。随后便坐在那台老式缝纫机旁,嗒嗒嗒,像一曲不老的歌,在巴扎巷唱了多年。

从我记事起,刘裁缝总是掩着半扇木门,在里面踏缝纫机。孩子们好奇,放学回家,总是趴在门口偷偷地看,其实大多为了讨个零食,甜巴甜巴自己的小馋嘴,刘裁缝总是笑呵呵地递上来一块糖,孩子们笑着拿着糖一路跑开。

每到腊月,是刘裁缝最忙碌的时间,他小小的土坯房里,挤满了大媳妇小媳妇和孩子们的脑袋。

刘裁缝大多时间不用尺子量,他只用两只手拃,中指和大拇指伸展开,直直地量几下,陇镇人管这种量法叫手拃。过几天,一件合身的衣服便穿在了孩子们身上,孩子们笑着跳着。但他给那些媳妇们,却是要用尺子量的。但不论哪一种量法,刘裁缝做出来的衣服,总是合身。刘裁缝在人们的印象中,总是笑呵呵地样子。

那天早晨,大多数人还沉浸在梦乡中,清晨一声嚎哭将睡梦中的人吓醒了。惊魂未定的人们细细地聆听,才发现声音从包子铺老牛家传了出来。牛三皮嘴里骂骂咧咧地说,老子打麻将是爱好,你一个女人家管不着,女人如衣服,扔了绿色的,还怕没红色的。所有的人都叹息,没人敢上前劝说,清官都难断家务事呢。

可谁也没想到,刘裁缝却不依了,他冲进牛家铺子,一把抓住牛三皮的手,呀呀地喊着。他喊什么,谁也听不清,手比划着拉着自己的衣服,但大家都明白,他说打老婆不对,说女人是衣服也不对。牛三皮火了,他说,你一个光棍,我打自己的媳妇,你心疼什么。你又没有近过女人身,你知道什么呀!老裁缝便不再言语,像蔫了的茄子一样耷拉下了头。

日子比刘裁缝手中的剪刀还快,一晃几十年过去了。那些顽皮的孩子们,早已出落成了小伙大姑娘了,他们走出了巴扎巷,走出了陇镇,巴扎巷寂寞了好多。

一天,陇镇来了一个陌生的女子,她修长的身材,细细的高跟鞋,咯蹬咯蹬地踩过八扎巷,踩碎了身后一路追随的目光,也踩碎了八扎巷的寂静。她一路来到刘裁缝的铺子,轻轻地扣了扣那扇发黑的木门。

刘裁缝眯着眼打量了一下姑娘。姑娘操着一口浓重的河南腔说要订做一件旗袍,说着并从包里拿出了样品。那是一件用上好的绸缎做的旗袍,上面绣了一对凤凰,做工和质地都非常考究。刘裁缝的眼直了,他望着姑娘的脸,摇了摇头。

姑娘没有退却,她说了,我打听过了,这件旗袍在陇镇,非你莫属。至于价格,由你来开。三个月之后,我来取。刘裁缝却摇了摇头,比划着,他的意思说,我不要一分钱。

刘裁缝最终接下了这件旗袍,从此,他不再接陇镇的零碎活儿,只一门心思做旗袍。

刘裁缝闭门三个月,终于做成了一件旗袍,金光闪闪的白绸缎底,那只凤凰栩栩如生。

过了三个月,姑娘开着小车,扶着一位头发如雪的老太太来到了刘裁缝的门前。她们轻轻地扣了扣虚掩的门,里面听不见任何动静,门轻轻地一推,开了,门口的模特身上,穿着那件旗袍。老太太欣喜地摸着丝绸旗袍上的那只凤凰喃喃自语说,真是清水哥做的,别人做不到这个水平。

你瞧，凤凰的头，高高地昂起，它的尾巴飞舞着，多美丽。特别是它的眼睛，闪闪发亮。

看罢旗袍，她们才发现，昏暗的小屋里，刘裁缝静静地躺在床上，他的眼睛微微闭着，眼角一串血珠子。

老太太抱着刘裁缝大声地哭喊着："清水哥，我是春桃啊！"

刘裁缝睁开眼睛看了一眼他的春桃，只微弱地叫了一声"春桃妹……"然后，脑袋微偏向了一边，他静静地闭上了眼睛。

老太太大声地哭喊着，可他再也听不见了。

当年，春桃是陇镇大户人家的小姐，人也长得水灵。可他偏偏喜欢上了清水这个穷裁缝。

春桃爹派人将清水痛打了一顿，并编造了好多事实让他进了监狱。清水走后，春桃发现自己怀了清水的孩子，她不得不偷偷跑出去躲藏。结果一去好多年，清水从监狱出来时，发现春桃家早已物事人非了。不见了春桃，他依然在执着地等候。他喝了春桃爹给的一碗水，就成了半哑巴。

那个凤凰旗袍，是清水给春桃的定情之物。

秒杀爱情

导读：在经济快速发展的今天，各种商品都可以秒杀，爱情也成了一件可以秒杀的东西。

爱情其实是一件奢侈的东西，化学家把它称作为一种物质，保鲜期只有一年，甚至更短。但是，爱上一个人，却只要一秒就够了。

在记者们伸出的话筒前，吴青毫不掩饰地说。

吴青的爱情故事，也堪称传奇。

吴青是一个喜欢昼伏夜出的 SHOH 一族，她给好多家网站制作网页，设计一些图标等，可是，常年熬夜，加之，电脑辐射，她的脸上隐隐的起了蝴蝶斑，吴青打算在淘宝网上在看中了一套去斑化妆品，正好那家店为了冲五钻，进行秒杀，吴青毫不犹豫地就拍下了这套产品。

拍下之后，吴青怕出意外，吴青照着那家电话打过去，吴青原想，可能又是一位娇滴滴的妹妹了，结果，那边传来一个富有磁性的男声："喂，你好！"

吴青一时转不过弯了，她停顿了一会儿，然后才慢悠悠地回对方："喂，你好，我刚才在你们店里拍下了一套化妆品，今天能不能发货呢？"

对方说："我尽快安排吧。"

第二天中午十点多钟，吴青还在云里雾里地做着自己的美梦，朋友们都习惯了吴青的早晨从中午开始，从来没有人在这个时段打扰她。

吴青恶狠狠地接过电话说："谁呀，不知道本姑娘在休息啊？"

电话那边说："你好，我们是圆通快递的，我已经到了你们小区门口，希望你能下来取一下货。"

吴青这才笑着说："对不起啊，你放在门卫室，让门卫代签一下就行了。"

等吴青从梦中醒过来时，才去门卫室拿出了包裹，打开一看，吴青傻眼了，化妆品不是自己拍的那个，显然，卖家发货发错了。

吴青一个电话打过去，凶巴巴地问："你们怎么回事啊？发货发错了。"

对方还是那个温文尔雅的声音说："对不起，女士，您稍等，我给您查一下。"查过之后，那个人说："我查了，是我们的过失，为了表达我们的歉意，我们和你是同城，我亲自过来给您换一下货，再赠送一套我们新推出的祛斑用品。"

吴青被对方的诚意感动了，她立刻又恢复了淑女状说："那多不好意思啊！"

电话那头依然诚恳。突然之间，吴青也真想见一见这个秒杀化妆品的男人，是如何一个男人呢？

这么多年，自从吴青大学毕业，亲朋好友介绍的男孩子几乎有一打了，但吴青总是特别挑剔，这个奶油小生，那个太老。总之，没有合吴青胃口的。

电话那边说了，一个小时，他马上就到。吴青也没有多少事儿,她就坐在小区门口的花坛边,她倒真想见见这个富有磁性的声音背后,又是怎样的一个人呢?

吴青正低着头,在手机上玩游戏,一个高大的身影遮住了吴青的阳光,吴青抬起头的瞬间,那个高大的身影正望着她笑,吴青看到了,他手上拎着一个化妆品袋子,吴青明白了,这就是自己要等那个人,两个人,似乎早就认识。

吴青感觉到自己有点语无伦次了,可脱出口的却是:"来啦!"

那个人说:"来啦!"

好像老朋友一样,互相打声招呼。那个人说了,我叫郭皓,为您带来的不便,表示抱歉,并双手递来化妆品。

只是短短的几秒钟,接下来,吴青便上了那个人的车,两个人坐在了一家饭馆里。吴青正想说自己不会喝酒,郭皓微微笑地望着吴青,瞬间,吴青感觉到,她好像爱上了郭皓。

郭皓说了,做我的女朋友吧?

吴青像一只温顺的羔羊,她点了点头,然后,又摇了摇头。

这就是吴青的爱情传奇。记者急忙说:"那后来呢?"

吴青坐在酒吧的转椅上,眼神迷离地对着一杯红酒说:"谁都无法保证爱情这朵花开到白头到老,但是,爱上一个人,却只需要一颗心足矣。只要在你需要的时候,躺在他的臂弯里陪他一起看夕阳。"

这场秒杀的爱情能够持续多久,多少人都想去追问?但是,吴青说了,我更喜欢这个过程。是啊,许许多多的爱情故事,为什么非得要一个结果呢?

陪你一起去看海

导读:遭遇车祸的伶,被男友抛弃,意外遇到文友勇,期待和勇一起去看海,可是,勇也驾着双拐来陪她,他们分别又遇到了什么事情呢?

伶望着电视上蔚蓝色的海水,她神往地将自己的 QQ 签名改成了:多想和你一起去看海。

那个你,连她自己都不知道是谁。

QQ 上的网友那么多,可没有一个是自己的知心人。不是别人不懂风情,而是自己不想把所有的心事一一透露。

她的签名刚刚改好,就有一只胖胖的企鹅在跳跃着。那只企鹅很可爱地给他发了一张动感表情:送你一张去月球的单程票,看来地球不适合你。

伶伤感地望着电脑说,我真想去月球,可惜我去不了。

他叫勇,是伶的一个文友,他们是在北京开会时认识的,彼此之间只有简单的问侯,并没有深谈。

那次笔会,对于伶来说,可能是第一次,也可能是最后一次。

北京下了五十年以来最大的一场雪。伶穿着厚厚的羽绒服,将自己裹得像的粽子一样严实。伶从小地方来,是这次文学笔会的新手,她几乎是缄默的,她明白自己所担当的角色,没有显摆的资格。

而勇,是名家大家,作品集出了一本又一本,在全国各地都是响当当的人物。加之，人也长得帅气，成了笔会上的焦点人物，好多女孩都挤到他的跟前合影留念。只有伶，站着没动，伶的性格有点倔。她在心里思索，二十年后，我也要让好多人挤到我的跟前合影。那不是她嫉妒，是她原本不服输的性格，一直如此。

几个月过去了，伶默默地在为了二十年后的那个目标奋进着，事情的发展却出奇地意外。

伶出事了。

几个月前活蹦乱跳的她，却意外地遭遇了一场车祸。

伶心中的梦全部被打碎了。

伶望着那根拐杖，她茫然地不知道后边的路如何走了。每天除过吃饭睡觉，她全部的心思都聚焦在了网上。她依然写她的小女孩文章，但大多忧伤。

伶的天空中只有阴霾，哪怕一丝一毫的亮色，也不曾出现。

伶几乎绝望了。伶想到了离开，离开这个世界。

但她不想走得太凄惨。她是那种浪漫的女孩，每天都在心里默默构想着自己要躺的地方。

她躺在一个幽静的山中大石上，旁边是清澈见底的小溪流，一阵风吹过，春天的花瓣儿纷纷飘落，她的身上，周围全是粉的、红的、黄的花瓣儿。微微飘过的那阵香气，将她氤氲在春光微洒的早晨，安静地睡去，永远都不要醒来。

要么，就选择一个最富有激情的方法，选择一个海，海是伶最向往的地方，伶曾经和朋友们开玩笑时说过，去海边遭遇一场浪漫的爱情也不错。现在，年纪轻轻的伶，在海边遭遇一场浪漫的爱情的梦想也搁浅了。

伶只想去海边了却一下自己到过海边的梦，然后，走向海的深处。也不枉自己来此一生。

勇在 QQ 里说了,我陪你去海边吧。

伶失落的心,一下子如阳光般灿烂了。

伶问勇,大海美?

勇不加思考地回答:"美,静如娇羞的新娘呢!"

提到新娘,一下子又戳到了伶的疼处,伶从北京回来,打算嫁给一直追求她的男孩亮,可谁想到,一场突如其来的车祸,把一切都改变了。亮在前几天结婚了,新娘不是伶。伶曾经劝自己的女友说,要想考验你的爱情价值,去遭遇一场车祸。伶说这话的时候,泪流满面。她的提法,让好多陷入爱情漩涡中的美女们大跌眼镜,他们纷纷指责伶的悲观。其实,哪个女孩不想嫁一个如意的郎君?

伶在这边哭了,哭得好伤心。

勇不知道电脑这边的伶,为何没有动静了呢?他一边发了几个问号?

伶将大哭的表情发了过去。

对于伶来说,好长时间没一个知己了,她感觉自从出了车祸之后,一切好像都变了。生活中只有月光的事情,好长时间不见阳光。

勇一直在 QQ 说过,我陪你去海边吧。

伶却意外地回绝了。伶知道,要想将生命的最后时刻放在海边结束,也不是一件容易的事儿。因为,架着双拐的伶,几千里行程成了大问题呢!但他没有给勇说过车祸的事儿,她明白,网上的这种知己,只有距离才能美好!

伶每天一上线,大多和勇在 QQ 上畅谈。勇一直在 QQ 上邀请,他说了,你来吧,我陪你去看海。

伶最后说了,你来吧,背着我一起去看海。

补丁

勇在哪边愣了片刻。然后,笑着答应了。

伶也奇怪了,伶说了,你为什么不问我,为什么要背着去看海呢?

勇也笑了笑说,好多事情,没有为什么? 只有服从自然。

勇说了,好,我安顿好手边的事情。一定来!

伶开始了等待,伶感觉到,像这样不计较的朋友难得。

她等待了一个月,两个月。伶失望了。从此以后,伶几乎不去上QQ,伶感觉到,她被骗了。

伶要离开人世的感觉太强烈了。伶决定,没有海一说了,看来,海也是一个可以让人伤心的地儿。伶打算找那个鸟语花香的地儿,安静地走。

伶的行动还没有做出时,伶接到一个电话,他说了,我是勇。在火车站。

伶飞一样地坐上出租,去火车站接勇。远远地,伶看到勇那张帅气的脸,但让伶更伤心的是,勇的左边也架着一只拐杖。

你看你看南瓜的脸

导读:临终的爷爷,念念不忘的却是南瓜的脸,只有奶奶心里清楚,爷爷其实说的是你看你看兰花的脸。

爷爷趴在炕头,喘着粗气,断断续续地说:"他娘,我这辈子活得憋屈呀。"

奶奶拉着爷爷的手说:"他爹,我知道,你憋屈。"

爷爷又开始说那些陈芝麻烂谷子的事了……

当年,我们弟兄四个人,为什么我爹就单单把我入赘到你们家啊?当初说好了的,是我二哥,可他死活不同意,我到了你们家,怎么就单单和你成了一对了呢?你们姐妹共五个,可怎么我就摊上你了呢?到了这个家,我是没有一天不想我的爹娘啊,可他们怎么就那么狠心呢?这农村的老习惯,看不起外来的人,当年,在生产队,我那么优秀的一个人,当那个破队长是绰绰有余啊,可人家说,你算哪根葱啊,能轮上你啊?当个会计都是高抬你了,我一个外乡人,总是不招人待见啊,你说我憋屈不?

爷爷干瘪的嘴唇凹了进去,他的牙齿已经掉光了,说话总是嘘嘘地带着颤音,让人听得不明白。

奶奶踮着小脚给爷爷灌了一口水,她安慰爷爷说:"他爹,我知道你憋屈,你睡一会儿,咱再说吧。"

爷爷还是不依不饶地说,看不起外乡人,怎么着,我儿子现在是镇长了,我闺女是局长,嘿嘿,我孙子,那坏小子,现在也成了大人物了,不在中国待了,还跑什么日本去了,你说这咋整啊,只要他不给人家当狗腿子就行。

奶奶坐一旁给爷爷掖掖被角。我看见奶奶的眼睛中有晶晶亮亮的东西在闪烁,转身便像两汪清泉水在流泻。爷爷突然大声说:"你看你看南瓜的脸。"奶奶赶紧跳下炕,跑到了院子中。哪有什么南瓜啊,再说了,才刚立春,南瓜还没有下种呢,哪里还看得到南瓜的脸啊。

奶奶擦了擦眼泪,一脸疑惑地进了屋。

围在爷爷身边的孩子们——我大伯二伯还有爸爸叔叔们,包括他们的媳妇们还有我们这帮孙子们,都不知道爷爷说的是什么。

北方的天冷,南瓜只有夏季才结瓜啊,怎么爷爷老说这一句话呢?大家彼此望望,谁也不知道爷爷和南瓜有什么关系。

晚上,孩子们都走光了,只留下爷爷和奶奶。爷爷还在讲着他的憋屈事,奶奶还坐一旁给他应声。

医生说了,像爷爷这个病,估计熬不过三个月。然而爷爷不但熬过了春天,而且,到了第二年春天才去的。

大家都有自己的事儿,只是隔三差五地来看看,谁也不想多待,爷爷还说着你看你看南瓜的脸。

爷爷走的那天晚上,奶奶说,给你爹洗洗头和脚吧,他一辈子爱干净,他怕是要走了。事后,奶奶流着泪水把一个绣花手帕装在了爷爷的寿衣口袋里。爷爷在那个晚上走了,走的时候,爷爷只说了一句话:你看你看南瓜的脸。

大娘对妈妈说,这是爷爷的鬼话,魂怕是早走了。小婶子说,老爷子怕是把存折放南瓜里了吧。小叔瞪了她一眼,小婶子噘着嘴走了。全家人都清楚,这个家里一点老底全给孩子们了,哪还有存折啊。

爷爷去了,爷爷走得很安静。埋葬完爷爷的第二天,奶奶对孩子们说:去吧,去给邻村你兰花大婶烧个纸钱吧,她一辈子不容易啊。

孩子们才明白,爷爷其实说的是你看你看兰花的脸。唉,这个爷爷啊。

据说,兰花是先于爷爷一天去世的,不过,她一辈子没嫁人也没儿女,按当地风俗习惯,得放五天才能下葬。

孩子们都奇怪了,奶奶一个小脚老太婆,足不出户,怎么知道兰花去世的消息呢?

逃 离

导读：文中的"我"逃离的是自己的单相思,拟或是友情的吴小霜呢?

爱上一个人,我神思恍惚,我每天都在作业纸上无数次画着他的眼睛,眉毛,可总是画了擦,擦了再画,每天都重复着这个动作。

然后,就在老师讲课的时候,我却认真地在纸上写着樊凡的名字,一笔一画,比做作业都认真,以至于地理老师让我站起来回答问题:"世界上最长的河流是哪条河?"

我茫然不知所措地望了望同桌吴小霜,她在一旁边小声给我提示,尼罗河。

可惜我的耳朵和我开了个天大的玩笑,我非常有韵味地回答,罗汉河。

我还在等老师赦免我无罪坐下时,教室里发出一阵哄堂大笑,老师也非常生气地说:"罗汉河,你怎么不说个尼姑河呢?"

我死死地盯着吴小霜,她也捂着嘴笑,我真想狠狠地掐死这个妖女,竟然给我说错了,让我出丑。

下课后,吴小霜不停地给我解释,她说的是尼罗河。我只能骂她分贝小得像蚊子叫,我哪听得清啊!

这个妖女却捉住了我的把柄,她拿着我写了满满一页纸的

"樊凡"的名字大做文章。

　　想你

　　静静地想你

　　将你的名字填满我的心房

　　那一声轻轻的呼唤，

　　能否扣响你的心门

　　为我打开吧

　　……

　　我一把捂住她的嘴。不想让她再这样酸下去，如果再这样，我的 PH 值肯定小于 7 了，我吼道："你那能叫诗吗？"

　　我从来没想到，自己会想一个人想得这样刻骨铭心。

　　我对吴小霜说，我想去见他。

　　如果你喜欢他，就去见他吧。

　　吴小霜给了我樊凡的画室地址——宁静巷 26 号。

　　妖女吴小霜却穿着我的碎花裙子，披散着长发，妖娆地像一只飞舞的蝴蝶般出门了。

　　我拿着那张纸条，左思右想，终于还是决定去寻找我的爱情。

　　我一路寻找，穿过一条街，拐三拐，再左转再右转，我终于找到了宁静巷 26 号。

　　那是一间废弃的仓库，一堵高高的砖墙，几只鸟儿呼啦啦地飞过，碰掉了几片发黄的树叶，发出细微的声音，那声音落在了地上，清晰而有力，顺着落叶的方向，我找到他了。

　　仓库的大门敞开着，那间不大的画室里，堆满了各种颜料的瓶瓶罐罐。

　　那个我日思夜想的男孩，他头上缠着一块花头巾，在聚精会神地作画。我远远地望着他,生怕把他的灵感扰乱了,让他无心继续创作。

半个多小时过去了,我依然站在树下静静地望着他,我从来没有想过,自己会这么有耐心去等一个人。

深秋的阳光,将一抹橘黄留下了。我一直站着,却没有感觉到累。

他在作画的间隙,抬起头看到我的时候,我看到,他的眼里闪过一丝亮光。

他热情地问:"感觉你像空降部队? 不会是从飞机上跳伞来的吧? "

我的嘴唇动了动,却说不出一句话来了。我感觉自己不是原来的柳絮儿了。

他的手掌上还残留着色彩的明媚,那些缤纷的色彩,渗入了他细密的手掌里,我觉得他的手,也是一幅独特的画。

他很爽朗地笑了,他笑起来很好看,一排白白净净的牙齿,让人忍不住想多看几眼。

他在作画,而我却在一边静静地看着,就像一株无声无息的植物。

樊凡突然转过身来,定定地望着我,他说,柳絮,你像一个人,你的眼神很亲切。

我惊奇地问他,我像谁呢?

我说不上来,总感觉有一种似曾相识的感觉。

我的心一下子又从胸口提到了嗓子眼,我知道,可能是他的女朋友吧?

但好奇心又促使我不得不问,像你前女朋友吗?

他笑着摇了摇头。

谁知道我会问这么傻的话，连前女友都问啊？这么帅气的男孩子，如今的女朋友可能都有一个加强连了？

不过，既然已经说出来了，说出去的话，如同泼出去的水，已经收不回来了，再说了，樊凡好像也不是那种太计较的男孩。

可我还是想探究一下，我是不是真的像他的前女友。吴小霜总骂我，活在自己想像的真空中，属于没事找事，欠抽型的！

我总是将拳头攥紧，来一句，哪个臭小子想揍我，不想混了吧。

每每这时，吴小霜总是把我的胳膊打下来。说，柳絮儿，你能不能不要再惹事生非了，你这样，就是天生的小混混。

樊凡笑眯眯地给我递过来一瓶水，他笑起来真好看。

我望着他在发愣，他也许感觉到了我眼中的异样。

他说，柳絮儿，来看一看我的油画。

画中，一个美女斜倚在古朴的藤椅里，一只手托着下巴，眼神迷离地望着远处，那条碎花小布裙，还有那略带棕红色的头发，披散在肩头，有一种别致的韵味。

我的泪水毫不争气地涌了出来，我连一句告别的话都没有，匆匆忙忙地逃离了那间画室。

马蹄声儿

补丁

导读：被父亲逼迫嫁到城里的草原姑娘，到老心里念着的还是草原的马蹄声儿和她的爱情。

草原的黎明，安静而清远。

她静静地坐在草原上，黎明的天光剪出了她稍微佝偻的身形，也许这里的风、雪和植被都能忆起她年轻而曼妙的身影。

远处，大朵大朵的羊群如同白色的珍珠洒满了草原。几匹马在不远处低头吃草，头顶有三两只乌鸦掠过黛青色的天空。

太阳从不远处慢慢探出了脑袋，整个草原被镀上了一层金光。远处蕴韵的雾气升腾着，几只啁啾的鸟儿，惊扰了她的宁静。

草原醒了。

她急切地将耳朵贴在地上，像猎犬一样聆听着大地上奏响的声音。

那曾经是她的草原，是她的家。

马的嘶鸣声由远而近传来，她微笑着闭上了眼睛，嗒嗒的马蹄声响起来了。她的眼睛湿润了，脸上泛起了沉醉的光彩。

她听见了急如暴雨的马蹄声掠过草原，身后扬起一阵阵烟尘，黄色的尘土在草原的小道上弥漫着，马上的少年手握皮鞭，伏在马背上，风一样向她走来……

她轻轻地问道：你来了。

脸上泛起一阵阵潮红。

他是关山草原的骑手,好多姑娘都很倾慕他。他总是骑在马背上,"哟 —— 嚯 ——"地呼啸着,抡起的鞭子在空中带着风声,他在草原上驰骋着,他对她浓浓的爱也奔涌着。

她总是站在不远处,看他身手敏捷地翻腾着,骑马是草原汉子不可缺少的技艺。他回头看她,迷人的眼睛,小巧的嘴角边深不可测的酒窝,让人的灵魂升腾,她脑袋微偏,嫣然微笑着。然后,将马骑在她身旁,伸出手,她也跳上了马,两个人向草原深处飞奔。

他们依偎在草原上,那匹黑色的马儿,静静地在不远处吃草,时不时抬头起,打个响鼻,摇摇头颅,蹄子边那一圈白色,像极了它的镯子。

他们闻着草原的草香、花香,望一望草原尽头郁郁葱葱的森林,他顺手摘几朵花儿,给她的头上戴一朵,手指上编个草戒指。

风把远处马的嘶鸣声送了过来,天地间充满了草原的清香和甜蜜。他们躺在草地上,大口呼吸着草原的体香。

他们是草原的孩子,躺在母亲温暖的怀抱里,憧憬着未来。他们带着儿女们在草原上骑马嬉戏。拟或拉起马头琴,唱一首《美丽的关山草原我的家》。

他们约定,回家就和父母商议他们的婚事。

夜色暗了下来,他们在月光下回到了各自的帐篷里。他望着她走进了帐篷,而她,望着他跃上马背,依依不舍地离去。

她走进帐篷,看到扎西和父亲盘腿坐在一起喝茶,轻轻打声招呼。父亲一向脾气火爆,从来没有笑脸,今天却一反常态地笑着说:"莫儿,过来,见过扎西叔叔。"一种不祥的预感涌上心头。

扎西是来做媒的,城里一个有楼房的孩子。

全民微阅读系列

她傲慢地说:"城里有什么好,空气差,再说,我喜欢草原。"

她的态度并没有激怒父亲和扎西,他们俩都哈哈大笑着说:"傻姑娘,人家都往城里挤,你却不愿意去。"

半夜里,她偷跑时,被父亲拽了回来,并派人看管着,最终,她没有拗过父亲。

她出嫁前的风雨夜,他倚着他的马,在门外守了整整一夜。

第二天,她还是被父母嫁到了城里。他骑着马疯了一样追赶着疾驰的汽车,马终于被累倒了,他伏在马背上大声嚎哭。

每年,她都会到草原上来聆听马蹄声,其实是为了守望那个魂牵梦萦的骑手。

后来,听说他娶了草原的姑娘,长长的辫子,黝黑的眼神,像极了她。

据说,他从马背上摔下来,临死还念叨着她的名字。

三十多年了,父母也已过世,草原的风景依旧。她也已经不能自己坐车来了,是儿子用小车把她送到草原上来的,她静静地伏在地上,聆听着马蹄声响起,她说:"我听见了,你,你的声音,还……还有……马蹄声。"

儿子疑惑着,哪有马蹄声?

她微笑着给儿子交代,无论如何,把她埋在草原,她要聆听马蹄声。

儿子把她额前的那缕白发拢到耳后,她面色温和地闭着眼睛,她看见了他骑着那匹黑色的马,他拉她上马,然后,一路"哟……嚯……"地喊着。

绿色的草原波动着,金色的阳光笼罩着,他们走向了草原的深处。

绝版爱情

导读：爱情不是种地，只要付出了，就会有回报。爱情也如同种地，付出了，不一定就能有回报，比如虫害，冰雹，霜冻，这些都会让爱情颗粒无收的。

自从妖女吴小霜被二点五的爱情故事感动得热泪盈眶后，他们俩的爱情剧，从此就在校园中拉开了序幕。

当然，如果能够像童话故事中讲得那样，王子和公主从此过上了幸福的生活就好了。

可生活毕竟是生活，它不像童话故事那样美满。

妖女吴小霜，这个"黑霜"，浑身有着无尽的杀伤力，她就像一棵潜藏了多年的蓝色海藻，炫目而璀璨，但它却有毒，释放着毒素，让人不知不觉中毒。

为她中毒的人不少，至少在一中这个三千多人的校园中，就有无数个为她失眠的男孩子。据说，高一某男生，把吴小霜的剧照贴在床头，每晚临睡前，都要悄悄地去吻一下她性感的嘴，才肯睡去。

同宿舍的人发现吴小霜的剧照，嘴唇部分已经被舔透了纸，这个同学，受到老师的特别优待，谈话进行了长达三个小时，后来，小同学将吴小霜的剧照从床头取了下来。

这个妖女，却依然将长发飘起来，神情自若地走在校园中，后边便有人在宿舍楼窗口上对她大唱情歌。

妹妹你大胆地往上走

往前走,莫回呀头……

妖女吴小霜,虽然答应了和二点五交往,但她的心却没有真正给二点五。

可怜的二点五,一腔热血洒在了吴小霜这块冰冷的地块上,任你有七十二般武艺,一百零八种变化,也结不出一颗爱情的梨或者爱情苹果来的。

谁又能想到,妖女吴小霜对我说了,我喜欢帅哥,是帅哥我都喜欢。

我说:"妖女,你不能一网打尽吧,天下多少帅哥靓仔,难道你要阅尽千帆啊?"

谁知这个小妖大言不惭地说了,能够阅尽千帆那是一种本领和气质。

不要给我谈气质。不是有位校园哲人这样说过嘛,如果一个男孩对你说你长得有气质,那是在变着法儿说,你长得很难看,已经没法形容了,只能用气质来形容了。

二点五可是从来不计较吴小霜的态度,看来,他打算用暖石头的劲儿,软化这颗冰冷的心。

不知道吴小霜这块巨石能不能真的被软化,这就看二点五的决心了。

可自从二点五和吴小霜交往以来,多少男孩子都为此愤愤不平,瞧,那个小白脸有什么好,只不过脸比我白点罢了,一幅奶油小生的样儿。

也有人说,不就会弹个吉他,唱几首勾引女生的情歌吗?咱比比足球,比比篮球,他一下子就被踩在脚底下了。

也有人公开挑衅，说，小子，有机会咱练练摔跤怎么样？

二点五不愧是二点五，他有着铜墙铁臂般捍卫爱情的决心，从来不为之所动。

吴小霜那天悄悄地对我说："我今天又见到慕容翰林了，穿一件风衣，那样子，太帅了。如果能够在他的肩膀上靠一靠，那也是一种幸福哟。"

吴小霜很神往地望着天空发呆，见她那个花痴样，我气呼呼地走了。

等她回过神来，我已经走出了好远。

吴小霜大呼小叫地赶了过来，我说："妖女，你能不能专一点，你没看过神话故事，也总听过吧，那里面的妖女，可都是一心一意的，哪像你，吃着碗里，看着锅里，想着盆里的，如果再这样，我就告诉二点五，让他先踹了你。"

吴小霜却满不在乎的样子说了，去吧，说去吧，我巴不得他离开我了，整天腻腻歪歪，像个娘们一样，婆婆妈妈啰里吧唆，成天在我耳边问，小霜，你吃了吗？小霜，你喝点啥？小霜，我陪你出去走走吧？小霜，我给你买了点香蕉，你吃了吧？这样可以润肠？你说这样的男孩，哪有点男孩子的气魄？

我终于无语了。

对于二点五来说，原以为自己的辛苦能够换来爱情，看来他还是错了。

爱情不是种地，只要付出了，就会有回报。爱情也如同种地，付出了，不一定就能有回报，比如虫害，冰雹，霜冻，这些都会让爱情这块地没有任何收获的。

吴小霜这个妖女，还在一个人有滋有味地谈论着慕容翰林。她说了，你没见他那张脸，要鼻子是鼻子，要眼睛是眼睛，每一样都很到位,可谓棱角分明合理搭配哟,最让人动心的是他那双秋水般的双眸哟,还有他吸烟时的那个姿势,都能把人迷死。

吴小霜依然一副花痴样,无限神往着他的慕容翰林,这个妖女走火入魔了。

正当吴小霜和我坐在校园的草坪上大谈特谈他的慕容时,二点五像跟屁虫一样来了,拎着一个硕大的手提袋,里面花花绿绿的一大堆,全是女孩子喜欢吃的零食,豆腐干,麻辣鸡爪、瓜子等应有尽有啊。当然了,这些呢,不全是吴小霜一个人享用,还有我这个贴身保镖的一份了, 当贴身保镖也只能得到这点小恩小惠了。

自从二点五替代了我的角色,我再也不会为了这个妖女,接受众人眼光的洗礼了。

二点五最终还是没有赢得吴小霜的芳心。

他去了遥远的一个地方读大学,吴小霜每次提起他,眼眶都会泛红。

我擂她一拳说,早干嘛去了?

第三辑

亲情五味果

岁月在不经意间从身边划过，在每个匆忙的身影背后，父亲关爱的目光越来越远，母亲熟悉的话语渐渐淡忘，在你身心疲惫的时候，亲情是古道上的驿站，期盼着浪迹的游子。亲情如良药，可以治愈你受伤的伤口。驻足下来，读一读书中的温情故事，感动的心跳如一串串音符在跳跃。

圆

全民微阅读系列

导读： 生活其实是一个圆，幼儿和老年时期都需要亲人的关爱，亲爱的读者，你做到了吗？

"大鹏，妈不见了！"妻子在电话那边焦急地说。

"什么？你没把门锁好吗？"一听见妈不见了，我的头嗡一下大了好多倍。

"门锁得好好的，我进厨房做一顿饭的功夫，妈就不见了。"妻子很委屈。

"那应当没有走远，你先在小区附近找找看，我马上就到。"说马上就到，又何尝容易呢？我单位离小区十五站路，而且现在正是下班高峰期，车流和人流、红灯和绿灯总是忙忙碌碌，街道上人群像搬家的蚂蚁般穿梭着。

说句实话，我手头的事情已经让我够闹心了。我的那个策划方案又被总监批了个狗血淋头，他让我重新再修改，晚上十二点之前必须发给客户，而且那个客户也是个难缠的主儿，都是大爷呀，不伺候好行吗？现在我妈又不见了。

老妈现在八十九岁了，她这两年出现了小脑萎缩，出门总是记不得回家的路。没办法，我给妈衣兜里做了很多小卡片。上面写着我们小区的地址和电话，有好几次都是好心人给送回了家。

可是，这次，似乎没有那么幸运，妈还是没有找到，偌大个城市,找一个人和大海捞针差不多。

我和妻子分头已经跑了十多条街道了,还是没有找到。找到了辖区派出所,他们说,二十四个小时之内不算失踪,必须得过了二十四小时之后才能立案。

终于,在一个小巷子的角落里找见了冻得哆嗦的老妈。

老妈看见我,像孩子一般一把抱住我,哭得嘤嘤呜呜的。

我所有责备的话儿都没法说出口了。

我只是拍拍妈瘦弱的肩膀说:"妈,不哭,咱回家。"

我们回家时,已经是凌晨两点多了。

妈这种情况,已经持续半年多了,半年之内,她已经走失五六回了。

妻子就和我商量,要不,找个保姆。可是,保姆换了三个,都和妈处不来。

那只好把妈送到老年公寓了。

周末,我和妻子去考察了几个老年公寓,唯一有一家比较满意,但是,人家有一个条件,就是生活能够自理,意识清楚。

然后,在去老年公寓的路上,我就给妈教:"妈,人家问你家住在哪里?"

你就说:"幸福花园小区。"

问你多大年纪了,你就说:"八十九岁。"

我问妈记住了吗?

"记住了。"妈此刻好像明白了。

按程序,测试是第一关,一共六道题,妈只答上来了一道,这道题目是:你儿子叫什么名字?

妈不假思索的回答:"大鹏。"

按人家的规定,妈这种情况,人家是不愿意收的。但是,院长是一个熟人介绍的，他说："像这种情况，只能先试试看，如果不行，再另做决定吧！"

临别时，妈突然间意识到了不安全，她跑过来，突然拉着我的手说："大鹏，咱回家吧！我不想住在这里，我害怕。"

我们好说歹说，总算把妈安顿了下来。

回家的路上，我一直没有说话，脑海里突然记起了小时候，妈送我上学的情景，我那时比别的小朋友发育迟缓，怕老师不要我，妈便教我："大鹏，老师问你几岁啦？你就回答，七岁。"

"人家问你家住哪里？"

你就回答："文化局家属院。"

心头涌起一阵酸楚，我对出租车司机说："师傅，掉头，回老年公寓。"

妻子奇怪的问我："怎么又要回去呢？"

我说："别让妈住老年公寓了，再苦再累，我们也要撑下去，这是一个圆，一定得把它画圆。"

妻子还在嘟囔着，什么圆不圆的，我怎么听不懂呢？

空心树

导读： 百年老树，离开了它生存的土壤，只会是一个结果。正如老父亲说的，树根都不在了，树心能不空吗？

"聂家老三回来了，拎了一箱子钱，听说每个人都有份。"毛三媳妇眯着眼睛,摇着扇子,坐在村口的老皂角树下发布新闻。

"真的吗?你快给咱说说。"所有围在树底下的人,都放大了瞳孔紧追着毛三媳妇问。

"只怕是黄鼠狼给鸡拜年喽!"憨子叔在鞋底上磕掉了烟锅里的烟灰,忧心忡忡地说。

"憨子叔,你跟钱有仇啊?"毛三媳妇那张嘴像刀子一样锋利。

"钱,谁都喜欢,但君子爱财,取之有道,我怕那些钱拿了,晚上睡不踏实!"憨子叔铁青着脸,猛吸了一口气……

"哟,看不出来呀,憨子叔蛮有气节的嘛!"有人冷嘲热讽。

聂家老三确实回来了,确实带回来一箱子钱,但天下哪有免费的午餐呢?

老皂角树下的乡亲们,亲眼看见聂家老三从一辆锃亮的小汽车里下来,走进了村主任的家里。

村主任看见聂家老三,吃惊得从椅子跳起来。

他拉住了聂家老三的手,激动地说不出话来了。

嘴唇颤抖着,说:"聂,聂总,你,你可算来了,你是咱们村的大救星啊!"

原来,去年村子里修路,欠下了一大屁股债。

村主任被债主们逼得头发白了一大圈,只要见村主任在,昨天来个要运费的,今天水泥厂的就上门了,经常半夜三更的都有人堵他们家门。

村主任现在成了过街老鼠。

当初修路为了大家出行方便,是好事吧!路修好了,没有人提钱的事儿,大家都一副事不关己,高高挂起的模样。

他召开了好几次村民大会,让每家每户都掏点钱出来,每次会议都砸锅，大家不欢而散。

这聂家老三回来，可解了村上的燃眉之急了！

这聂家老三也不是慈善家，他有他心中的小心思。

他要买村中的这棵百年老皂角树。

一听到这个消息，村民们炸了锅。

可一提到钱，每家每户按人头分，每人可以分到2000元，大家都改变了主意。

憨子叔等几个老人都没有拦住他们，聂家老三说了，他会把这棵树移到他们家别墅院子里，是送给老父亲的一份九十大寿的贺礼。到现在，老聂还不知道这事儿，他想给父亲一个惊喜。

而且，他会像呵护一个孩子一样伺候这棵树，找专门的园艺师，每天给它浇水，定期给它施肥，而且乡亲们如果想这棵树了，还可以到他们家来看，他一定不忘自己是老村的人，以礼厚待每一个乡亲。

村民们被感动了，他们同意了。

挖走皂角树的那天，聂家老三兑现了自己的承诺，给每家每户发了补助，而且还给孤寡老人多了一份。

这样的善举带走了人们对于挖走树的失落感，大家高高兴兴地蘸着唾沫数着钱，那兴奋劲儿别提有多高呢。

老爷子从国外旅游回来，看到院子里的百年老皂角树。

他拍着那棵硕大的树干，将目光延伸成了一条线，线的顶端，是那棵被砍掉树枝的老树。

原来，老树刚移到城里的那天晚上，就下了大暴雨，树头被雷电击中，树干已经成空心的了。

百年的老皂角树，可是老村的象征啊！

儿子走过来，望了一眼他说："爹，怎么样，您一直念叨着这棵树,我给您直接买回来了,栽在咱家院子里看,您天天都能看着。"

他浑身颤抖着抚着树干,将脸紧紧地贴在上面。

儿子没有理会他的表情,依然在喋喋不休。

好大一会儿,也许儿子察觉到了父亲的神态异常,他转过头去,才发现,父亲满脸泪水,顺着脸上的皱纹顺流直下着。

抱着树的老父亲,突然间顺着树根倒了下去。

聂家老三急忙拨打120,医生诊断说,老人是脑出血,而且是大面积出血,让他们做好心理准备。

父亲在医院里,昏迷不醒,聂老三一直陪在父亲的病床前。

直到第五天,父亲突然间睁开了眼睛,他拉住父亲的手说:"对不起啊,爸,我原以为你喜欢这棵树,就想让您天天看见这棵树。"

父亲给他讲了这棵树的来历。

当年,日本侵略者全面侵略,当年,你奶奶作为游击队员,为了保护村民们的安全,在村后面最高的山顶上,种了一棵皂角树,作为消息树。

如果谁发现了鬼子,就放倒皂角树。

这棵皂角树,救了全村人的命。

后来,你奶奶被鬼子抓住,当着全村人的面,将你奶奶处决了,还把她的头挂在村口示众。

村里人为了纪念你奶奶,就在他们处决你奶奶的地方,栽下了这棵皂角树。

如今,树根都不在了,树心能不空吗?

"爸,我错了,我知道我错了……"聂家老三泣不成声了。

等他抬起头来时,父亲睁大着双眼,胳膊却早已垂下了。

归

导读：走失的鹿群，听到敲击声都能归来，那些辛苦养大的孩子们？何时归来？

"一只，两只，三只，四只……二十六，二十七……不对呀！"老石惊出了一身冷汗。

鹿群挤挤挨挨地争抢着食物，老石揉了揉眼睛，身上的军大衣如一摊烂泥般掉在了地上，他却浑然不觉，继续睁大眼睛数着："一只，两只，三只……"仍然只有二十七只，剩下的十三只鹿跑哪里去了呢？

北方的冬日早晨，浓雾弥散了整个山野，群山若隐若现，一副猜不透的样子。

老石着急了，他蹲在了旮旯里，仔细地查看着鹿舍的脚印，揣测着鹿群的去向，鹿舍外一撮灰色的鹿毛引起了他的注意，他起身查看了整个鹿舍，才发现，这些家伙们竟然踩着圈舍里的基石块儿，攀上墙壁逃跑了。

集体出逃，老石一时没有了主意，一整天，他都待在鹿舍前冥思苦想。

数他的那群鹿是老石的必修课，每天，他都要数一遍，虽然，他明知道，只有四十只，他数完，还会不由自主地去拥抱一下那些幼小的鹿。看着鹿崽们那两条硬睫毛落下来，遮住眼睛，他心疼。

　　他不停地的自责着，昨晚把院里的大门敞开着，一整夜未关，他在等什么，也许只有他自己知道。

　　昨天是他老婆的第五个周年忌日，老石一个人喝了些酒，院子的大门就那样敞开着，可是，没有一个人进来……

　　一般情况下，老石都会将大门紧闭着，可昨晚偏偏没关，让那些逃跑的鹿钻了空子。

　　怎么办？十三只鹿，对于老石来说，也不是一个小数目啊，从最初养育小鹿幼崽开始，不容易呀！

　　当年，五十岁下了岗的老石，手里有几个钱，至于钱的来路，他没有从牙缝里透露半个字。

　　这个钱，他就是再困难，也没有动用，可现在在这个节骨眼上，大儿子大学毕业刚两年，才买了房子，正是用钱的时候，二儿子刚从部队退伍回来，正在四处找工作，三姑娘正上大三，老四刚上大一，没有别的办法了，孩子们各自有自己的事儿，没法帮衬他，他只好自谋出路了。

　　真是屋漏偏逢连阴雨啊，只能动用这笔钱了。

　　那天晚上，他把自己关在屋子里，望着老婆的遗像抽了整整一夜烟，屋内烟雾缭绕，第二天打开门的时候，他的眼睛肿成了一对桃子。最终，他决定养鹿，尽自己的能力来供孩子们上学。日子过得窄巴，他从来没给孩子们说，这个钱是当年老婆车祸的赔偿款。

　　虽然，这最紧的日子过去了，可十三只鹿不见了。他望着小鹿那棕色的硬睫毛，心里生出一股父亲般的疼爱。

　　他自言自语道："这帮鹿崽子，这是又耍啥性子呢？"

　　雾气散去的时候，老石跑到山上去找，整整两天了，也不见一点踪影。

老石绝望了。

可他还惦记着家里剩下的那群鹿，他急急忙忙赶回去，给它们喂食，老石的头发白了一大圈，嘴唇也起了一层干痂。

老石拎起铁桶，咣咣咣地敲着，也许是饿坏了，鹿从鹿舍四面八方跑过来争抢着食物。老石不停地像对孩子说一样："别抢，慢慢来。"

鹿群把铁桶挤掉在了地上了，发出了很大的响声，咣咣咣，老石正欲发火，突然间，他灵机一动，这些圈养的鹿群，每次吃食的时候，都是靠这种方式招呼它们的呀。

老石把大门打开，他想着，它们是从这道门里走出去的，如果，听到他的呼唤，可能会回来的。

老石就开始用尽全身的力量敲击着铁桶，叮叮咣，叮叮咣，声音比平时大了好多倍，他从早晨一直敲到黄昏，整个山上只有他一户人家，也不担心扰着邻居。晚上，老石把所有的灯都打开，整个家里灯火辉煌，直到凌晨一点多钟了，老石的胳膊如同灌满铅一样沉重，鹿群回来了，一只，两只，三只，整整十三只，那些鹿群像做错事的孩子一样，都低垂着眼帘，依偎在老石的旁边，老石拼尽浑身的力量给他们喂了食，累垮了的老石把大门紧紧关上，可他却失眠了。

恍惚中，他呓语道："大门应当打开，孩子们快回来了。"

全民微阅读系列

莲子心

导读：莲子心虽苦，却败火，父母爱之深，责之切。

每每听到别人对爸爸妈妈讲话，这孩子是抱来的吧，怎么一点都不像你们俩啊？父母也跟着笑，有时候还跟着附和说，是啊，从一个叫花子手里换来的。他便一直认为，自己是抱来的孩子。

5岁时，他看到小区的孩子都有零花钱买东西，他便偷偷从妈妈包里拿了五十块钱，那时候，妈妈的工资不高，一个月三四百元。

晚上，妈妈拽过他，不由分说地脱掉他的裤子，巴掌像风一样搧下来，屁股火辣辣地疼，他不住地求饶，妈妈也没有放过他。妈妈打完，爸爸又接着打，那天，他的屁股几乎被打开了花，第二天，留下了很多青一道红一道的手掌印，连坐凳子都有点吃力。他就非常想念自己的亲生父母，如果是亲生的，不可能打这么狠。可是，他的亲生父母也不知道在何方？

10岁时，上小学四年级了，一段9时期，他特别迷恋网络游戏，一有空闲，便偷偷上网打游戏，而且找各种借口骗父母的钱去网吧，每次被妈妈抓住，就是一顿打，他给妈妈保证，无论如何，再也不上网了。有一次，被妈妈抓了个正着，妈妈这次意外地没有打他，她阴着脸说了一句："我不要你了，你爱上哪去哪儿，如果觉得网吧好，你住在那儿，永远不要回来了。"他求饶，妈妈也没有松口，他跪在妈妈面前说："妈，我再也不上网了。"妈妈还是没有原谅他，他便真的以为妈妈不要他了，他决定去寻找自己的生身父母。可是，无头无绪，无凭无据，哪怕有一张照片也行啊，他便打算离家出走，不过，出走的地点很简单，他蹲在自己家的地下室里半天，妈妈和爸爸疯了一样寻找他，直到晚上，找到他时，妈妈"扑通"一声倒在了地上，爸爸的头发，似乎白了一大圈，仅仅半天时间。

13岁，他写作文，题目是《寻找》，他在作文中写道：亲爱的爸爸妈妈，你们在哪里？为什么把自己的亲生儿子遗弃了？儿子每天都盼望着见到你们，我在这个家里不幸福。也许你们也有不得已的苦衷，无论如何，只要见到你们，我都会原谅你们的。这篇文章写得声情并茂，老师当范文在班上念给全班同学听，大家都很同情他，知道他不是爸爸妈妈亲生的。

16岁，他喜欢上了班上一个女同学，不知道怎么的，这件事被妈妈知道了，可能妈妈偷看了他的日记本，妈妈就劝他，男孩子志在四方，不能为了一棵小树，而放弃整个森林，将来大学里，有比这个女孩漂亮百倍的。妈妈越是这样说，他越是感觉那个女孩的可爱，故意和妈妈作对，有时候，见妈妈走过，故意挽着女孩的手，妈妈为这事找了几次班主任，最后，这个女孩主动提出分手，他恨极了妈妈。

他溃不成军，16岁的天空里，阴霾重重，全是因为她不是自己的亲生妈妈。

20岁那年，高考填报志愿，父母的意见，报一个本省的学校，那些学校都是名校，以他的学习成绩，上那些学校没问题。可是，他却没有理父母，报了一个离家较远的外省学校，他感觉，去他们打扰不上自己的地方，也许能意外地碰到自己的亲生父母，他打算在大学里寻找自己的父母。

可是还是没有找到。

24岁,毕业之后,本来有好几个选择,其中有一个去处,可以离他们很近,而且待遇也很好,可他却执拗地选择了西北的一座小城。

26岁,妻子生孩子,他的工作很忙,没有人伺候月子,他便打电话给远方的父母,父母刚一接到电话,便急匆匆赶来,他有了自己的小孩,日子变得忙碌而真切。

每天回家,妈妈总会泡好茶让他喝,他看到,嫩绿的芽静静地卧在杯底,她端起,轻轻地抿了一口,好苦,然后,微微地皱眉。

那天回家,见妈妈仍在厨房没有休息,他轻轻地推门而入,妈妈正在一颗一颗剥莲子心,他奇怪地问妈妈,这么苦的东西,为什么要拿来让我喝啊?妈妈用粗糙干裂的手抚着他的嘴唇说:"见你上火了,嘴唇干,声音也嘶哑了,喝这个败火。"

他轻轻拉过妈妈的手问:"妈,有个问题,一直想问你,只是不知道如何开口。"妈妈温和地看着他说:"自己的妈,有啥难开口的呢?"他终于问了:"妈,我是不是你们亲生的呢?"妈妈哈哈大笑着说:"怎么不是亲生的,为了生你,差点要了妈的命,县医院那个护士到现在还记得呢?"

终于释然,轻轻地端起桌上妈妈泡好的莲子茶,有一丝淡淡的甜味儿泛上心头。

小鸡别哭

导读: 农村留守儿童和老人,是大家普遍关注的话题,谁又能真切地体会到,他们深深的孤独呢?

六岁的何小羽,手里拎着把明晃晃的菜刀,追赶那只芦花鸡,从前院追到后院,再从后院追到了房顶,鸡拼了命地在前面跑,何小羽一脸煞气的在后面追赶,爷爷蹒跚着在后面边追边喊:"别赶了,小羽,小羽……"爷爷已经气喘吁吁了。

何小羽还没有停下来的意思,他还不罢休,气势汹汹地扔了一块小石头,石头还没飞上房顶,那只芦花鸡却扑棱棱拍打着翅膀,飞向了旁边的香椿树,满院子鸡毛乱飞,它蹲在树杈上惊恐地望着地上的人,居高临下,俨然指挥战场的大将军。

何小羽放弃了,他扔掉菜刀,终于坐在地上,蹬起双腿,嚎啕大哭起来,爷爷赶紧抱着他,一边替他擦眼泪,一边哄着他。

其实,何小羽很喜欢这只芦花鸡,他两岁的时候,院子中总有一只黑色的母鸡,带领一群毛茸茸的小鸡崽满院子找虫子。

何小羽忍不住想去抓一两只来。何小羽走路晚,两岁多了,走路时依然摇摇晃晃,根基有点不稳,时不时地跌倒,可他喜欢追着小鸡们满院子跑。

运气好一点,偶尔会逮上一两只,吓得小鸡总是张着嘴巴尖叫,虽然声音很微弱,但是,那只老母鸡,却来势凶猛,它一只翅膀低拍着,原地转一阵圈儿,然后,直直向他撞过来,一点点快要逼近何小羽了,他吓得哇哇大哭着,妈妈听见哭声,剑一般从厨房奔了出来,一把抱起何小羽,他才扔掉了小鸡,躲进妈妈的怀抱,撩起衣襟,愉快地吮吸着乳汁,那一刻,何小羽好幸福。

何小羽的幸福生活没有维持多久,妈妈和爸爸就去南方打工了,何小羽的生活里,只有爷爷和他。何小羽梦里经常伸开双臂,扑进妈妈的怀抱,伸手摸到的只有爷爷干瘦如柴的肋骨,何小羽哭得好伤心。

何小羽慢慢的知道,再哭也只能见到爷爷,爸爸妈妈不可能回来。家里的那群小鸡崽也长大了,那只母鸡也不见了。何小羽胆子也大了一些,他没事就追着小鸡玩,可是,他已经开始追不上那些鸡了,它们已经长成了大鸡。有一两只开始下蛋,爷爷一听见鸡"咯咯哒"的声音,他就急匆匆跑向鸡窝,从里面取出一枚蛋,在太阳下,给何小羽炫耀,说:"小羽啊,看看,你又有鸡蛋吃了。"爷爷就给何小羽炒鸡蛋吃,味道很香。

何小羽没事还是喜欢追着这些鸡玩,他喜欢这个游戏,有时候,追得紧了,鸡也会晕头转向,扑进何小羽的怀抱,他抱着鸡,一脸幸福状,对爷爷说:"小鸡真暖和。"

爷爷望着何小羽,不停地抹眼泪,何小羽替爷爷擦干了泪水,摸着爷爷的胡须说:"爷爷不哭,小羽乖,小羽再也不想爸爸妈妈了,再也不惹爷爷生气了。"

爷爷的白胡须在阳光下泛着金色的光芒,很好看。何小羽故意背对着爷爷,把头倒立在两腿间,说,爷爷,我又看见一个你。爷爷眯着眼睛笑,满脸的笑纹,笑容里掩藏着苦涩。

突然有一天,爷爷对何小羽说:"小羽啊,想不想爸爸妈妈?"何小羽脆生生的喊了一句:"想。"说完后,他又急忙摇了摇头,弱弱的说了一句："不想。"

爷爷明白，小羽懂事，不想让爷爷生气。爷爷摸摸何小羽的头说："瓜娃子，想就想，爷爷不生气。"

爷爷捉来一只鸡，何小羽拍拍鸡的头说："小鸡别哭。"爷爷把小鸡杀了，何小羽看着爷爷蹲在地上拔毛，他心疼地说："小鸡哭了。"爷爷说了，等爸爸妈妈回来一起吃吧。何小羽和爷爷一直等到了天黑，爸爸妈妈还没回来。何小羽带着甜甜的梦睡了，梦中，爸爸用胡茬扎了他的脸，很痒也很舒服，妈妈给他带了好多零食。

第二天，何小羽被一阵香味催醒了，醒来时，爸爸妈妈真的回来了。

可是，才过了一周，爸爸妈妈又要去外地打工了。何小羽趴在爷爷的肩膀哭着，好伤心。

爸爸妈妈走后，何小羽就经常哭，爷爷稍不注意说错话，触动了何小羽，他就坐在地上大哭，任谁也劝不住，哭累了，何小羽就要爷爷杀鸡，爷爷无奈，就杀鸡给何小羽吃。

可是，何小羽却不吃，他要等爸爸妈妈回来一起吃。何小羽说了："鸡杀了，爸爸妈妈就回来了。"可是，这一次，爸爸妈妈却没有回来。直到家里的鸡吃得只剩下一只芦花鸡时，爸爸妈妈还不见回来。

转眼间，又一个秋叶飘零的日子，何小羽马上就要上小学了，爸爸妈妈仍然没有回来，何小羽想让爸爸妈妈陪自己去报名，他在幼儿园时，看见别的小朋友都有爸爸妈妈陪，好羡慕。可怜那只芦花鸡，以后就只能将窝搭在高高的树杈上了。

全民微阅读系列

麻花辫

导读： 新兵蛋子还珍藏着一条麻花辫,大家都以为是他女友的,却原来是他母亲的,这故事,值得探究一番。

新兵入伍的第一天，连长站在队伍前慷慨激昂地宣布规章制度:部队里不允许的东西一律上交,比如手机、打火机、烟等。

开始检查行李的时候，新兵蛋子岗子紧张地盯着自己的包，一条粗壮的麻花辫子拴着红头绳从包里滚落了出来。所有的士兵都哄堂大笑了起来。岗子紧张地捂着自己的包，局促不安的他，脸红得像一只打鸣的公鸡。

有人打趣,小子,看你年纪这么小,还这么有女人缘? 说说这是谁的大辫子啊?

岗子支支吾吾地说:"俺娘的。"浓重的口音让新兵们更加想逗他玩。

"你娘的? 骗人吧你,你娘的辫子早就花白了,哪有这样黑亮呢? "

"真是俺娘的,不信你们去问俺爹吧? "新兵又开始起哄大笑。

有人调侃地唱道:"你那美丽的麻花辫,缠呀缠住我心田,教我日夜的想念……"岗子手捧着麻花辫子,眼睛里闪烁着晶莹的泪花。

班长及时地制止了大家的哄闹，警告大家不要再提辫子的事。虽然这样，大家总感觉到好奇，都在不经意间谈论着那条辫子，辫子几乎成了一班精壮小伙子们过嘴瘾的谈资。部队里缺少女人的气息，偶尔间来一封女孩子的信，都会被大家谈论好几天。等新鲜劲儿过去了，大家又想起下一个谈论的对像，好像这才能让人解闷。不论大家怎么启发，岗子就是不提辫子的事。越是不说，越是让大家感觉到神秘。

一晃四年过去了，岗子从一个新兵蛋子当上了班长。那一天，送一批同来的老兵复员。老兵们望着岗子，敬了一个标准的军礼说："班长，临走前，能不能讲讲那条辫子的故事，我们都想听听。"望着战友们真诚的目光，岗子说了……

那是三十年前，父亲和母亲新婚不久，父亲就要去部队了，临行前一天，天生木讷的父亲，捧着母亲的大辫子说："秀梅，我走了，你要照顾好家里。"母亲也噙着泪水说："你放心去吧，这大辫子永远为你留着。"

父亲走后不久，母亲发现自己怀孕了，村里人可怜她，都说好端端的一朵鲜花，却插在了牛粪上。挺起大肚子忙里忙外的母亲，总是对怜悯她的村里人说，我男人是军人呢。

然而，母亲生我的时候大出血，母亲用剪刀剪断了脐带，并将那条大辫子剪断了放在我的身边，等到邻家婆婆赶到时，面色腊黄的母亲说了："让娃带上辫子还去当兵吧……"等父亲赶回家时，母亲早已微笑着离开了。

父亲捧着母亲的辫子来到了部队，他一呆就是十八年，最后倒在了血泊中……

岗子陷入了深深地回忆中。

台下却传来一阵阵哭泣声，都说，男人有泪不轻弹，一群在枪林弹雨中走过的汉子们,却哭了。

他们向那个逝去的母亲和父亲深深地敬着礼。

大家一齐唱着:你那美丽的麻花辫,缠呀缠住我心田……

孪 生

导读:孪生的姐妹,一个警察,一个罪犯,她们之间经历了什么呢?

当戴着手铐的吴卓从车里被押下来时,吴越整个人都傻了。

空气在那一瞬间凝固了。长久的沉默,四只眼睛紧紧地相逼着。吴越看到了,妹妹眼中的桀骜不驯和深深的恨。

作为刑警队副队长的吴越,做梦也不会想到,妹妹竟然参与了贩毒。难怪这次出警,局长亲自点名让吴越留守。

吴越清楚,考验自己的时刻来临了。不是她不会秉公办事,而是潜藏在内心深处的一种痛,一种对妹妹的内疚让她的心灵不能安生。

妹妹拒绝回答任何问题,这在吴越的意料之中。从小到大,妹妹就是那种火烧火燎的叛逆性格,而她呢,总是沉稳冷静地处理事情。

当年,父母给她们这对双胞胎取名,意为"卓越"二字。从小她们两个就表现的不平凡,考试不是你争得第一,就是我领先。后来两人各自考上了大学,也没有机会在一起竞争了。

妹妹总是说妈妈偏心,喜欢吴越,不喜欢自己。妈妈总是说,手心手背都是肉。说得也是,妈妈总是在妹妹面前夸吴越,说她懂事,妹妹总是一脸的不服气。

就在大学毕业的那一年,妹妹将自己的男朋友蒋力带回了家。谁也没想到,蒋力却出乎意料的喜欢上了姐姐吴越。当然了,吴越也非常喜欢蒋力,这真是一出阴差阳错的爱情闹剧。

人们都说,双胞胎之间,好多东西都是相通的,可这男朋友,怎么可以同时两个人都喜欢呢?吴卓不肯让步,可爱情不是我们想像中那么简单的事情。

妈妈发现,蒋力和吴越是真正的相爱,她就点了这个鸳鸯谱。妈妈对吴卓说:"卓儿,放爱一条生路吧!蒋力不适合你。"

天性刚烈的吴卓,哭着跑出了家门,从此杳无音信。妈妈就不停地哭,以至于后来哭瞎了眼睛。

吴越没想到,姐妹俩十年没有相见,竟然在这种情况下会面。

吴卓依然一句话不肯交代。

吴越说,让我来吧。队里的同事都替她捏了一把汗。

吴越看到妹妹,她没有说一句话,她只是静静的看着吴卓,昔日生活的点滴,让吴越感觉自己欠妹妹的太多了。可现在说什么也晚了,如果时光可以倒流,她说什么也不会抢了妹妹的男朋友。

倒是吴卓说话了,她冷冷地望着吴越说:"怎么,内疚了吗?还是良心发现了?"

吴越轻轻地说了一句:"自从你走后,妈妈天天哭,她现在眼睛失明了。"她看到,吴卓眼底不经意的掠过一丝温柔。

很快吴卓又一次叫嚣着:"她,与我有什么关系呢?我恨她,她爱的是你,而不是我。我都怀疑我不是她亲生的。"

吴越等她平静了，她慢慢地说，当年你走后，妈妈偷偷地一个人哭，常常到第二天早晨，枕巾总是湿漉漉的。直到后来，她哭得眼睛看不见东西了。

有一次，妈妈发烧了，在梦里还喊着你的名字。我突发奇想，我决定扮演你，让妈妈相信，你回来了。

我在妈妈耳边轻轻地对她说，妈，妹妹卓儿回来了。过了一会儿，我出去又进去，换了一件衣服，并跪在妈妈床前叫她，妈妈在昏迷中突然醒了过来，她用手摸摸我的耳朵说，你不是卓儿，你是越儿，别骗我了。我非常奇怪地问她，你是怎么知道的？妈妈说了，自己身上掉下来的肉，哪一点不清楚呢？卓儿的左耳朵后有一个小肉丁，可能连她自己也不清楚啊。

吴卓不由自主地将手伸向了自己的左耳朵。她的泪水悄悄地从眼中滑落了。

也许是母爱感动了吴卓，她对自己犯罪的事实供认不讳。而且根据她提供的线索，吴越她们抓获了一个贩毒集团。

但法律是无情的，吴卓还是难以逃脱法律制裁。在她临走的前一天，吴越安排母亲和妹妹见最后一面。虽说是见面，可妈妈也只能听听女儿说说话而已。

母女三人抱头痛哭，妹妹依旧在问："妈妈，你到底爱谁？"母亲的双肩不停地颤抖着，她哭着说，本来我打算将这一个事实带到坟墓里。可是现在，女儿却走在了我的前面，如果当初知道你要走这条路，我说什么也不会为你姐姐跪下来求你。

母亲将自己埋藏了三十年的秘密说了出来。

当年，我怀着卓儿刚满九个月，你爸爸那时是女子监狱里的管教干部，他说监狱里一个女犯人生下了一个孩子，可她却因为生产时大出血，抢救无效。你爸爸没有和我商量，就将那个女孩抱回了家。我知道，他那个性格，只要认定的事儿，谁也改变不了。我就默认了。那个女孩就是你姐姐越儿。也就在那一夜里，卓儿出生了，我们欣喜的感觉到，这两个宝贝是上帝送给我们的宝贝啊⋯⋯

正午的阳光

导读：被房东赶出来的父子俩，意外地碰上了三年未见的孩子母亲⋯⋯

流火的七月，父亲粗糙的大手，紧紧攥着八岁儿子那细嫩的小手手。沉重而缓慢的步伐，为城市的大街盖上了一道道印章。

他们又被房东赶了出来。

儿子伸出舌头舔了舔干裂的嘴唇，那些干痂已渗出了血。

儿子不愿意给父亲说"渴！"儿子忍着不说。

父亲只顾埋头行走，儿子不知道父亲要走到什么地方去，他猜想，可能要到很远很远的地方。

父亲终于走不动了，他拉着儿子的手，到大楼的阴凉处歇息。那里卧着一只呼闪着舌头的小狗。

父亲终于记起了什么，他告诉儿子，别乱动，他去买瓶水。

等父亲买水回来的时候，儿子已经靠着墙根睡着了。

身边那条黑色的小狗，依然在呼闪着舌头。

父亲明白，无论如何，在天黑之前，他必须找到住的地方。父亲没有吵醒儿子,他知道儿子跟着自己,已经很累了。

父亲坐在儿子身旁打着盹儿。

儿子醒了,他看到,父亲将那瓶水紧紧地抱在怀里,儿子轻轻地从父亲手中取下了水瓶,水瓶已经被父亲的体温暖热了。

父亲也醒了。

父子俩继续赶路,天黑之前,他们找了间很偏僻的民房,那间房很窄小,一个很小的窗户,进去得开灯,好在过道里可以做饭。

父亲问儿子:"宝儿,饿不饿?"儿子点头又摇头,儿子对父亲说:"爸爸,你累了,歇歇吧!"

父亲抬起沉重的脚步说:"爸爸给你做饭去!"

儿子一个人很无趣,他走出了房门,在门外捡了一块破碎的镜片,悄悄地藏到了床底下。

第二天,父亲得去工地上做工了,他对儿子说:"宝儿,爸爸要出去挣钱了,你在这儿,乖乖的做作业,爸爸回来给你做饭。记住,不要乱跑,城市里坏人很多。"爸爸走时,给儿子留了中午的饭。

儿子狠狠地点了点头。

外面骄阳如火,室内却黑乎乎一片。

儿子走到窗外,他捡了很多碎镜片。他用碎镜片收集着阳光,满把满把的阳光,被他透过小窗户收集进了小屋,小屋子亮堂了许多。

儿子很兴奋,他要收集更多的阳光,结果,他的阳光照到了二楼的窗户里,一个女人,大声喊着:"谁家孩子,这么闹腾。"听到楼上的呼喊声,儿子悄悄地蹿到了屋子里。他没有看到楼上叫嚣着的女人的脸。

进了屋子,儿子不敢再出去了,他怕。

儿子在充满阳光的小屋子里,甜甜地睡了一觉。

他梦见了妈妈,用温暖的大手抚摸着自己的脸庞,他被唤醒的记忆,此刻复苏了。踩着夕阳回家的父亲,做工回来的他,匆忙为儿子做饭,他看到了屋子里那一抹淡淡的夕阳。

睡醒来的儿子,很幸福地让爸爸看自己的阳光。此时已经夕阳西下,屋子里又恢复了原来的黑暗。

儿子的眼神黯淡了下来。

此时,楼上的女人,踩着高跟鞋,蹬蹬在下楼了,她没有注意到,过道里正在吃饭的儿子。

儿子却发现了女人。

儿子一下子冲了过去,大声的喊了一声:"妈妈!"

女人显然被吓了一跳。

父亲跑过去打算拦住儿子,他却惊奇地发现了那一张熟悉的脸,虽然已经三年没见了。

父亲的嘴唇动了动,终究没有发出任何一点声音。

非常"6 +1"

导读:城市中六个大人,一个独生子的这种6+1格局,孩子打个喷嚏都会惊天动地。

"不对呀?优优今天怎么吃了那么一点儿呢?"奶奶自言自语

地边说道,一边戴上老花镜仔细地观察着,从头发稍到脚趾甲,都一一检查了个遍。

终于,奶奶发现了问题。

"老头子,老头子,快来呀,不得了了。"奶奶火急火燎地喊着。

爷爷一路小跑着从门外进来,他掀门帘的当口,孩子打了一个喷嚏。

爷爷和奶奶不约而同地愣了一下。奶奶一下子慌了手脚,这可怎么办好呢?这可怎么办呢?爷爷镇定了片刻,随即,保持了清醒的头脑。

"给她姥姥、姥爷打电话吧!离得近一些。"爷爷拿起就开始寻找姥姥姥爷的电话号码,他的手不停地哆嗦着。好不容易找到了电话号码,爷爷讲电话的声音都微微带着颤音:"亲家呀,快点过来吧,孩子,孩子打喷嚏了。"

姥姥姥爷住在离 X 市不远的 B 市, 离这里还有三百多公里路程。

姥姥又开始拨打远在国外的儿子媳妇的电话:"媳妇呀,赶紧回来了吧,孩子生病了。"

电话打完了,爷爷奶奶这才急忙带着孩子上医院,他们拦了一辆出租车,车子在街头飞奔着,奶奶抱着孩子,用被单裹得严严实实的,生怕不小心又伤风了。

爷爷不停地催促着司机,说:"求求你了,司机大哥,快一点吧,这孩子可是我们家的宝呀! 不能有任何的闪失。"

爷爷不停地说着,虽然司机看起来只有五十出头的样子,但他为了能让司机开快一点儿,尽可能很客气地称呼司机为大哥。

爷爷奶奶刚赶到医院里,他们挂了专家的号,进行了简单的

补
丁

抽血化验,江医生是儿科专家,江医生用听诊器再听了听,他进行了判断说:"这孩子得了风寒感冒,我给你们开一点药服一下,就没事了。"

爷爷不愿意了,他说了:"这怎么能行了? 你们医生也太不负责任了,我们这孩子,是我们六个人的宝贝,不能有任何闪失的,你不能这么草率的。"

江医生推了推鼻梁上的眼镜说:"老人家, 那您说, 怎么办呢? 我断定就是一个病毒性感冒,您如果不相信我,可以再找另外的医生试试。"

"不行,您是专家,我们就信您,但您至少给做个 CT、B 超什么的。"闻讯赶来的姥姥急忙插话。

"这就是一个小感冒而已,根本没有那个必要的。"江医生再次拒绝。

"不行呀,医生,这些检查是必须要做的。"姥爷也是不依不饶的。

医生一系列的程序量体温、称体重、尿检、血检、做 CT、做 B 超等各种化验。

一天折腾下来,孩子的感冒似乎有加重的趋势,不得不住院治疗了。

第二天一大早, 爸爸妈妈从美国赶了回来, 他们也紧张坏了。

妈妈看着宝宝头上的液体吊瓶,妈妈抚摸着孩子的脸,心疼得泪水哗哗直流。

爸爸急忙跑到医生办公室询问情况:"医生麻烦问一下,我们家宝宝的病严重吗?"

医生望着他的脸,无奈地说:"按理说这是一点小感冒,开一点药就没事了,可是,你们家老人非得让孩子住院不可啊！我建议观察一下就出院吧，医院里病人多，引起交叉感染就更麻烦了。"

医生以为,孩子的爸爸从国外回来的,按说,在这一点上,应当比老人更开化一些。

谁知,爸爸却说了:"那就让他继续住几天,观察几天,这样,我们才放心啊？"

医生无奈地摇了摇头。

刺　青

导读：当针刺入身体的那一瞬，即便解释得再诚恳也不再单纯。

顾小青眯着眼睛,抬头望着院子角落里那棵老槐树,这棵树也不知道经过了多少年，差不多已经枯朽了，树身上的两个黑洞，像极了父亲临死前的那又无助的眼睛,苍老、颓败,一只猫在屋脊上游走,它的身影在阴霾的天空下更迟缓。

那扇黑色的木门紧闭着,一只老鸹呱呱地盘旋在树顶,母亲从炕头爬起来,透过窗玻璃看外面,鼻子被挤压得变了形,她急促地喊着她的小名:"青儿,青儿。"紧接着便是无尽的咳嗽声淹没了季节。

五年了,无数次在梦中,她都幻想着回到这个破败的家,因为这里是她的根和魂。

推开虚掩的门，她想拥抱一下母亲，母亲挣扎着起来，她说，青儿，你终于回来了。

是啊，五年了，自从父亲去世后，她一直撑起了这个家，可是，没有人知道，她光鲜的外表下，是何等沧桑的心境。

晚上，在刺眼的白炽灯下，母亲看见了她脊背的刺青，母亲哭得好伤心。

母亲不住地用手捶打自己的胸脯，哭着喊着，怪我无能啊，让娃儿受这样的罪。

她劝母亲，事情不是你们想象的那样。

她给母亲讲述自己这么多年的经历，平静的语气，似乎在讲述别人的故事。

那年，埋葬完父亲的第七天，她默默地从学校把自己的书包整理回家，班主任老师惋惜得直摇头，她明白，这个家，从此以后，只能靠她了。弟弟和妹妹都还小。

她脱下孝服，跟着二丫，一路汽车火车，迷迷糊糊来到了佛山，二丫带着她租了一间很小的房间，然后，二丫劝她去做个刺青，她总是很迷糊，她说："刺青是什么？"二丫撕开自己的领子，让她看那个刺在锁骨上的蝴蝶，那个灵动的蝴蝶，让二丫的神情有了些暧昧和诡异，她笑说："到厂子里做工，难道需要做这个吗？"二丫笑她傻，到工厂流水线上，一个月能挣几个钱，还不够买牙膏的呢。

后来，禁不住二丫的劝说，她跟二丫去了刺青店，当那个针头刺入皮肤的瞬间，她的眼泪骨碌碌流了下来。

她明白，二丫在一家洗头房里工作，她没有去，她去了附近一家电子厂，厂子不算太大，但是，每个月连加班算在内，也就三千多块工钱，她只留给自己一小部分生活费之外，剩下的全部寄回了家。

有一天下班途中，一辆黑色的小汽车停在了她的用面前，二丫从里面钻出来，骂她傻，她用牙齿咬住下嘴唇说："人各有志。"然后，扬长而去。

突然有一天，母亲把电话打了过来，她质问女儿，在外面做什么工作，如果撑不住，就回来吧。

二丫告诉母亲，她在工厂里做工，为了打消母亲的疑虑，她还拍了一张自己在流水线上的照片给母亲，母亲这才信了自己。

母亲说，二丫回了一趟老家，穿得很时尚，给家里给了好几万块钱，然后，二丫家现在已经是三层小楼了，二丫的弟媳在家开了麻将馆，村里的闲人成天坐在里面打麻将。

母亲问青儿的情况，二丫撇撇嘴说："谁晓得跟哪个男人走了？"二丫的这句话，让母亲揪心了好几年。

终于打消了母亲的疑虑，青儿原本打算在家乡做一点小生意，那天早晨，她顺着河堤往前走的时候，才发现，以前宽阔的河面，只有一条细小的水在流，村子里除了打麻将的声音此起彼伏，迎面碰到了三壮，三壮说："青儿姐，听说你的深圳那边发大了，怎么样，我在村里也开了一家洗头房，生意也不错，有没有兴趣来呢？我给你最高的提成。"

"村里也有洗头房，没人管吗？"

"只要搞好上上下下的关系，现在这年头，谁还较那个真？"

青儿望着三壮日益隆起的腹，像极了谁在村里的地头挖的一道壕沟，她自言自语道："刺青，刺青！"

三德叔的斑马线

导读：当城市的快餐式爱情已燎原之势蔓延时，从山窝里出来的三德叔，却依旧坚守着那一真挚而内敛的情感。

三德叔常挂在嘴边的一句话就是"金窝银窝不如自己的土窝"。我就不明白，他自己那个土窝有什么好呢？

一间低矮的茅草屋，一伸手能碰到房檐，唯一的好处，就是眼界宽一些，能望见对面忘情谷秀丽的风光。可再美的地方，看久了，也就没啥看头了。不是常说，熟悉的地方没风景嘛，可三德叔总是扛着长长的烟杆出神地望着对面的忘情谷发呆。

三德叔是一个瘸子，他无儿无女，一个人孤苦伶仃地生活着。父亲在临终前紧紧地抓住我的手不肯合眼，我清楚他老人家的心思。就在他的床前立下了军令状：三德叔老了，我养活他。父亲这才微笑着走了。

父亲走后，我就想把三德叔接到城里来，可三德叔不肯。三德叔说他对城市有一种深深的恐惧和怨恨。

那年，三德叔刚满十八岁，为了供我上学，他就瞒着我的父亲悄悄地扛起了铺盖卷，来到城里打工。可不幸的是，他从脚手架上摔下后，就落下了病根，他的腿从此瘸了。两条腿走起路来划着圈，一瘸一拐的。就因为这个，三德叔恨上了城市。瘸了的三德叔一辈子也没娶到哪怕丑一点傻一点的三婶让我们瞧瞧。

三德叔依然不想去城里,可经不住我的软磨硬泡,终于勉强答应跟我来到了城里。

刚进城的三德叔,就像刘姥姥进了大观园一样好奇。他盯着城市马路上的斑马线,感慨地说:"城里人真是钱多的没地儿花啊,这大街道也涂白线,就像头顶扎裤腰带一样多余。

我笑着说:"叔啊,那不是多余的,那叫斑马线。"

"斑马线?"三德叔疑惑了。他茫然地问:"斑马走的线?人往哪儿走呢?城市里有斑马?"

我被三德叔的一连串问题弄的哈哈大笑了。就耐心地给三德叔讲:"斑马线是人经过马路时走的,这一道一道的白线像极了斑马身上的条纹,所以叫斑马线。如果你经过,所有的车辆都会停下来让路的。"

三德叔将信将疑的点了点头。

后来,三德叔学会了独自走斑马线,他也知道了红绿灯,三德叔感慨地说:"这城市变化还真大,那红绿灯在那儿一闪红色,所有的车辆都停了下来,比我在村里吆喝驴子那么大的声音都管用。"

尽管这样,三德叔还是觉得乡下好,他天天念叨着:"我得回家,我那个土窝怕是又漏雨了吧?对面山谷的花也开了吧。这城市的人太多,可就是没有一个和自己唠唠知心话的。"

我想,三德叔怕是寂寞了。我就和妻子商量着,给三德叔找一个老伴,当我们发出《征婚启事》后,收到了好几封回信。我们打算让三德叔去和那些老太太见见面,成与不成都无所谓,也算是见见世面嘛。可谁知我的话还没有落音,三德叔急了,气呼呼地走出了家门,我和妻子紧跟在他的后面追赶着。可还是出事了。

　　三德叔经过斑马线时，被一辆急驰而来的摩托车给撞上了，三叔临终前还是不肯相信，他说："这电驴子咋就挣脱缰绳了呢？"

　　按照他的遗愿，我将他的骨灰送回了老家，埋葬在叫忘情谷的地方，那里孤零零地立着一座坟，坟头芳草凄凄。

　　据村里的老一辈讲，那个叫山花花的姑娘，曾经是三德叔的相好，只因为她的父母嫌弃三德叔是一个瘸子，将他硬嫁给了外村的一个木匠。结婚的那天，姑娘上吊自杀了。从此后，三德叔终生未娶。

　　听着这个凄然的故事，感觉像在听古典的《梁祝》一样让人伤怀。

　　我在三德叔的坟头上，用石灰划了一条通往山花花的斑马线，不知道，我是否做得对啊？

第四辑

爱心直通车

爱心就像秋日里的一缕阳光，总能在萧瑟的风雨中，温暖失落者的心田；爱心就像冬日里的雪，涤尽跋涉者的征途中的微尘。它，没有杂质，没有距离，更没有虚伪，仅仅是相通的心灵间彼此默默地相互关怀。

秦腔吼起来

导读:民风淳朴性彪悍,秦腔花脸吼起来。台下观众心欢畅,不怕戏台棚要翻。作为陕西八大怪之一的秦腔吼起来,被选为陕西省2010年中考语文阅读题。

在秦水岭村,方圆几百个村落,没有人认识县长镇长不要紧,可不认识秦天奇,那会被人传为笑柄的。

秦天奇何许人也?

秦天奇,说白了也就是一个民间的戏子,一个走乡串户演皮影戏,吼秦腔的艺人。

说着说着,秦天奇也老了,还是说秦天奇的女儿香伶吧。

那个严寒的冬天,天刚麻麻亮,十六岁的香伶就开始偷偷在院子中练功了,一阵子盘腿打坐,她的汗水顺着脸颊流了下来,可她不怕累。依然在刻苦练习着秦腔里的仰卧,跪地。

香伶正练到火候时,西屋里传来了老爹急促的咳嗽声,她翻身起步,急步跑向父亲炕头前。她不想让父亲知道自己在偷偷地学唱秦腔戏。

秦天奇看到女儿绯红的小脸,喘着粗气问道:"香伶啊……你,你这么早在院子中踢踢踏踏做什么呢?"

香伶躲闪着父亲的目光说:"爹,我在侍弄花草呢。"老爹爱怜地拉过香伶的手说:"闺女,怨老爹没本事,当了一辈子秦腔人，演了一辈子戏，到头来仍然是一个高级叫花子，去学一门手艺，千万别学你爹去演戏啊！"香伶流着眼泪没有言语。

说句掏心窝子的话，爹演了一辈子秦腔皮影，日子却过得相当拮据。直落到如今病入膏肓了，也没钱医治。当年，爹的皮影自乐班吼着秦腔辗转南北，曾经名噪一时，威震八方啊。

可是，香伶两岁时，娘受不了日子的清苦，扔下香伶和吼秦腔的爹，跟一个南方养蜂人走了。可怜的香伶从小跟随着爹，爹走到哪儿她跟到哪儿，就这样东家一口粥西家一粒米的，她吃着百家饭长大了。

自从娘走后，慢慢长大了的香伶，三番五次地让爹教自己唱戏时，爹都不肯。爹说了："闺女，爹吼秦腔已经走火入魔了，不能再让你受这份罪了，干点别的吧。"

香伶没有听爹的话，爹在演戏时，香伶就趴在后台看，她好像从小有演戏的天分和灵气。一样的台词，刚学戏的演员都要十遍八遍的背，可香伶却能脱口而出。她总是趁爹不注意时学习，一招一式，蛮有大将风味。

爹临走前，眼睛仍然盯着炕头的两只大箱子，那里面是爹一生的全部家当——皮影人。爹说了，将它捐赠给县文化馆吧。爹一辈子都生活在民间，捐了，爹也心安了。

爹走后，香伶赶着驴，将两只大箱子送到县文化馆。文化馆的老师怜惜地说："闺女，秦老前辈是我们秦腔艺术界的一朵奇葩，他临走时，还有什么要求吗？有什么要求，你尽管提，我们一定满足你。"

香伶说："只有一个愿望，我想进县剧团吼秦腔。"

老师面露难色地说："闺女，秦腔艺人的路艰辛啊。"香伶斩钉截铁地回答："再难我也要走，我爹走了一辈子，我也要继续走下去,我忘不了爹临走前望着戏箱子那不忍割舍的眼神。"

老师说了:"那明天来剧团考核吧,我给团长打声招呼。"

考核中,在场的秦腔界老艺术家们都以为,这个小巧玲珑的姑娘,那准是"闺阁旦"的好角儿。谁知,灵秀的香伶一声大吼,"王朝马汉喊一声,包相爷手下不留情……"高亢激越的唱腔吼得地动山摇。激扬的旋律在台上响起时,台下的评委们个个惊呆了,大家都拍手叫绝。这样,香伶的吼秦腔生涯便拉开了序幕。

生活中的香伶总是生活在戏中,有时候她自己也搞不明白,是自己在台上演绎生活呢,还是生活中她在将戏剧演绎呢?

女儿刚生下来第三天,本来正是静养的时侯,香伶却开始在家中吼秦腔了,一天不吼,她喉咙发痒。

孩子刚满月,香伶不顾老公的劝阻,毅然走上了秦腔舞台。穿起了黑蟒袍,戴起了长须,将一个黑脸包公演绎得栩栩如生,活灵活现。在台上激情洋溢的香伶做梦也没有想到,回到家时,老公却和人在家谈一场交易。

香伶发怒了,劝老公那种钱不能拿的,可老公非但没有听他的,却痛骂她,穷戏子。香伶没有言语,她清楚,生活中的她只有走进戏里,她才能忘却诸多不快乐。

如今,这种不快乐已经像毒蛇一样吞噬着她的心。她不能容忍,剧里剧外自己两重性格,她在矛盾中徘徊着。

一向将包公演得活灵活现的她突然间却像一把断了线的二胡,发出了呜呜的声音。一上台,香伶脑海里总是出现老公将那笔希望工程款,装进自己口袋中那狰狞的面孔。她演砸了,台下一片喝倒彩的声音。从此,香伶拒绝饰演包公,她觉得自己不配。

香伶做了生活中的包拯。她一纸诉状,将老公送入了监狱。香伶又何尝不知道,将老公送进监狱,意味着她和女儿要受苦

全民微阅读系列

的。可她只能这样做,她要让戏中的她和戏外的她融为一体,她无悔自己的选择。

重新上台后的香伶奇迹般的又开始演包公了,而且比以前演得更形象生动。

夜深人静时,香伶望着灯光下酣睡的女儿,她轻轻地说:"女儿啊,长大了当一个好妻子吧,别再像娘一样吼秦腔了,娘已经离不开秦腔了。"

可她又怎么能知道,女儿会不会又是另外一个自己啊?

幸福像伞儿一样开放

导读:救了人的栓子,生活的一切秩序被打乱之后,他想轻生,然而,生活中还好许多幸福像伞儿一样开放。

自从栓子在城里救了人,被歹徒连砍数刀之后,他的后半生就在轮椅上度过了。昔日身强力壮的小伙子,现在两条腿没有了,说话也结巴了。他每说一句话,口水顺着嘴角扯下一条线,结巴起来,呀呀地憋足了劲,也吐不出一个字;要么,一个字吊上去,不能马上下来,别人着急,他自己也急,越急越结巴得说不出话来。

救人的英雄事迹经过一茬又一茬的媒体报道,半年之后,热闹也归于平静落寞了。

栓子娘看着儿子每天坐在轮椅上长吁短叹,她常常望着儿子的背影,背过儿子偷偷地落泪。这儿子,以后的日子怎么过呢?

栓子摇着轮椅出门了,一群孩子围着他,逗他说话,学着他结巴,栓子的心里苦生生的。

他来到门前的土坯墙边,望着开得浓烈的太阳花,想起了黑纽。黑纽是栓子的未婚妻。黑纽说过,太阳花开时,我就回来了,可到现在,还没有她一点音信。

栓子本来打算去年过年时和黑纽结婚的,可谁又能想到,出了这档子事。

那天栓子陪老板去银行取钱,谁又能想到,就怎么碰上了歹徒呢?栓子看到歹徒将刀架在老板的脖子上,他就奋不顾身地冲了上去。

栓子有时也在想,工友们说他傻,自己究竟傻不傻呢?他当时就想,那三百多万元,是工友们一年的血汗钱啊,万一被歹徒抢去了,二狗娘的医药费怎么办?大强儿子的学费就没有了,福根还欠着媳妇的彩礼钱呢!当然,他是顾不上想这些的。

栓子在去银行的路上,他还在想,等有了钱,他就给黑纽买那种轻薄的丝巾,柔柔地围在黑纽雪白的脖颈上,一定好看。他给黑纽买那种长到脚脖子的羽绒服,再买一双靴子,黑纽穿上一定比那些城里女人都好看。

黑纽其实并不黑,她常年跟着栓子在工地上晒黑了,可在栓子眼中,晒黑了的媳妇还是比城里女人好看。

城里女人的美丽是装出来的,不真实。她们天天描眉抹粉的,那个红红的嘴像喝了血一样,黑纽如果打扮起来,肯定比她们漂亮。

就在栓子还想黑纽的工夫,一个歹徒一把抓住了拎着钱包的老板,栓子勇敢地冲上去,和歹徒搏斗了。可歹徒不是一个人,他们手里还拿着刀呢！栓子就那样倒在了血泊中，被闻讯赶来的警察救了下来。

栓子在想，假如他当时不冲上去，也许现在，他和黑纽早已经沉浸在幸福的海洋中了。

这世上没有卖后悔药的，后悔也没有用！

其实栓子不知道，家里人都瞒着他，家里人害怕栓子心痛。那伙歹徒是和老板合谋，导演的一出抢钱的戏，目的是不想给工人们发工钱的。

黑纽自从安顿好栓子后，又一个人到城里去打工了，这好几个月过去了，黑纽连一个电话也没打过。

栓子明白不可能回到从前了，自己是一个残疾人了，黑纽跟着他，也会吃尽苦头的，就是黑纽愿意嫁给他，她那个爱钱如命的老爹也不会同意。

栓子的心就像秋天的雨一样，淅淅沥沥，一点点凉透了。

早晨，陈大强来了，他露出了同情的目光说："栓子，我早给你说过，人不要太实心眼，这不，还是被你那个老板涮了吧，他虽然主谋策划了这个抢劫的整个过程，进去两年后，出来还是一个有钱人，依然当老板，而你呢？后半生可能就这样跟轮椅较劲了。黑纽跟着你，那可就是吃一辈子苦啊。人啦，这也是命，你不服不行啊！"

栓子才明白了，他奋不顾身护着的老板竟然就是犯罪的主谋，再加上陈大强那个嚣张劲，他的心开始滴血了。

陈大强是村上的养兔暴发户，挣了不少的钱，一门心思看上了黑纽，可黑纽却喜欢上了栓子。如今，为了黑纽的幸福，栓子做出了决定。只有他死了，黑纽才能幸福地嫁给陈大强。

农历的八月，一连二十多天的连阴雨。被雨水浸泡过后的马路,在昏黄的路灯下,泛起了白森森的光。

栓子坐在轮椅上,他没有打伞,轮椅上有一个撑伞的架子,可他不想打伞,都快要死的人了,淋湿一点又算得了什么呢?

栓子的轮椅飞快地在街道上奔跑着,他已经想好了,早已将一封遗书写好放在了口袋里:我的死与任何人无关。

他瞄准了一辆急驶的小车冲了上去。

栓子闭上了眼睛,"嘎"的一声,一阵刺耳的声音响起,栓子下意识地睁开眼睛,怎么,还没死啊,好像雨也停了,他抬起了头,才发现头顶有一把红色的伞,一个稚嫩的声音在他耳旁响起:"叔叔,送给你!"一下子涌过来好多人,都抢着给栓子送伞,栓子哭了,哭得好伤心。

栓子说,我好幸福,幸福像伞儿一样开放在我的身边,我的雨天不再来了。

种太阳

导读:孤独而寂寞的孩子,想种个太阳,让逝去的奶奶在地下能够温暖,这种纯净的爱,好心酸。

天生眼软,见不得伤感的画面。可这次采访是工作任务,不得不去自强学校采访这位在特殊教育岗位上默默奉献的老校长。

当我胸前挂着相机出现在这所农村校园里时,一下子就涌来了好多孩子的围观。我突然意识到，记者的职业太名片化了，不用自我介绍，人都会一下子猜到你是做什么的了。其实这副行头就是自己的名片。

老校长花白的头发，步态蹒跚着，走路一瘸一拐的，显得整个人失衡，我感觉她随时都有跌倒的危险，赶紧去扶她，她却用手指推了推鼻梁上的眼镜说："倒不了，多少年都这样过来了。"

她平静的话语一下子让我悬着的心落了地。去之前，一个和残疾人打过交道的同事对我说，和他们打交道，要多些眼色，因为生理的缺憾会让部分残疾人把一些对生活的怨愤发泄给常人。

虽然经常和形形色色的人打交道，见过太多的人和事，但面对这个特殊的群体，我多多少少是有点顾虑的，我怕我一不小心，哪一句话伤了这些敏感的心，那后果是不堪设想的。

老校长带我进了教室，那些孩子们的掌声，让我那忐忑不安的心也跟着敞亮起来了。老校长说了，其实更可敬的是这些孩子们，他们没有向生活低头，依然顽强的像一棵树那样努力地在阳光下生长。我不由得被校长的话感染了，眼泪又涌了出来。

不单单是校长的话感染了我，还有那个用脚写字的小男孩，用嘴衔毛笔的小女孩，让我作为一个常人却难以不被感染着。其实更多的是感动和敬畏，敬畏这种对生命的珍重。

下课后，我在角落里发现了一个孩子，他静默的举动引起了我的注意，他独自坐在墙角，一手拿着一把小铲子，嘴里边念念有词。偶尔还抬头望望天空，好像在等待什么。

我好奇地走过去问他："小朋友，你怎么不和大家一块儿玩？小朋友们都在玩呢？"

他抬起头看着我，我才发现，那张清秀的脸庞上，造物主却没有给他一双明亮的眼睛。我的心微微颤抖了一下，我不知道，接下来，我要怎么说，才能让自己的话语显得贴切而不伤孩子的心。谁知道他却对我说："阿姨，我叫启亮，我在种太阳。校长奶奶说了，太阳是火红火红的。我能感觉到，太阳很温暖。"

我说："对，太阳是温暖的，他把最灿烂的光芒给了人间万物。但太阳在天空中，是不可能种在地里的呀？"

"不，阿姨，我要把它种在地里。我奶奶说过，等太阳花开了，我就能看见光明了。"他不卑不亢地和我争辩着。

不能扼杀一个孩子丰富的想像力，也不能扼杀一颗童心，我像是失语了。

老校长给我讲了这个孩子的身世，我才发现，生活时时处处有童话，而且启亮坎坷的身世就是一部童话故事。

启亮的亲生父母，可能看到孩子是个盲童，把他扔在了垃圾箱旁边。那是一个大冬天的早晨，捡垃圾的老奶奶，把这个冻得青紫的孩子暖在怀里，奄奄一息的孩子得救了，老奶奶把他当亲孙子一样养着，婆孙俩小日子过得也蛮快乐。当然，富有富的生活方式，穷有穷的活法，无论如何总得生活。

老奶奶就用自己捡垃圾得来的钱，给孩子买奶粉，好多人都劝老奶奶，你连自己都养活不了，还捡这么一个残疾孩子，将来谁养活谁呀？老奶奶只是抱着孩子说："他就是再残疾，也是一个生命，我们不能眼睁睁看着他冻死吧！"劝说的人无语，他们感慨地说，是啊，怎么说也是一个生命啊！于是，左邻右舍会把自己家孩子不穿的衣服送给他们。

其实老奶奶本身也是可怜的人，她生了四个孩子，老头子在老四刚出生不久就去世了，老太太一个人，靠捡垃圾把他们一个个送进了大学。等他们成家后，没有一个人管老太太，她就这么一个人孤苦伶仃地过活着。

渐渐的,孩子长到了三岁多了,老奶奶想让孩子上幼儿园,可找了好多地方,没有人愿意接受这个孩子,老奶奶就给孩子讲故事,讲卖火柴的小女孩,讲皇帝如何穿着他的新装招摇过市,孩子也好奇地问？皇帝是什么样子？太阳是什么颜色？长什么样子？花开时有没有声音？祖孙俩的小日子过得艰苦,但却快乐着。

好景不长,那天老奶奶去捡垃圾,被一辆疾驰而来的大货车撞伤了,没过多久,老奶奶就走了。走时,老奶奶给孩子留了一封信,信的内容是呼吁好心人能收养这个孩子。

孩子被好心人送到了民政局,民政部门向社会呼吁,孩子被一对没孩子的农村夫妇收养了,可那对夫妇最后却后悔了,他们又一次把孩子送回到民政局。

最后,孩子被送到了孤儿院。老校长接受了这个孩子。刚来的第一天,他每天要用铲子在地里挖一个小小的坑,嘴里不住的念叨着:"奶奶,我把太阳种到了地里,这样,你在地底下就不会感觉到冷了,太阳很温暖。"听到我的脚步声,孩子又一次问:"阿姨,太阳会发芽？"

听着孩子稚嫩的话语,泪水又一次打湿了衣襟,禁不住对他说:"孩子,太阳会发芽,而且会长出更大更亮的太阳,每天都照耀着你们。"

孩子笑了,老校长也笑了,笑声好灿烂。

樱桃红了

导读：待我长发及腰，少年娶我可好。待你青丝绾正，铺十里红妆可愿。

却怕长发及腰，少年倾心他人。待你青丝绾正，笑看君怀她笑颜。

今已长发及腰，少年人在何方。待你青丝绾正，爱成传说梦已远。

——何晓道 《十里红妆女儿梦》

麦秀家院子中有一棵樱桃树，一到春天，阔大的树冠就会越过低矮的土墙，直直地伸展到我家院子中。

郁郁葱葱的树冠一天到晚疯长，樱桃树挂满小小的绿果儿，像等待心上人的青春少女一样动人。

我从樱桃开花时，就常常站在樱桃树下咂巴着嘴，树也可能听见了我吞咽唾液的声音。麦秀姐站在樱桃树下，用娘的木梳梳理自己的长头发，瀑布样的长发流泻到肩头，好美丽。

阳光将麦秀姐的影子拉长了，我看不清她的脸。一会儿功夫，麦秀姐就将自己的瀑布拧成了一根大辫子。

一天，麦秀姐梳完辫子，去门前的河边洗衣服。一个大胡子，留长长的头发，他打开画夹，画出了麦秀姐的长辫子，画完后，他用普通话对麦秀姐说："我是来这里写生的。时间可能长一点，能给我找一个住的地方？"麦秀姐迟疑着。

大胡子急切地说："我……我给钱。"

麦秀姐抬起水汪汪的大眼睛,说:"这得问俺娘哩。"麦秀姐的娘,看了一眼大胡子画家,寡白的脸愈加发白了,她从牙缝里挤出了两个字:"不行。"

麦秀急忙说:"娘,咱家不是还有半边房子空着吗?再说,画家说给钱啊!"娘半晌无语。麦秀姐无奈地领着画家去了村子的老光棍家。

大胡子画家算是在村子住下了。他常常站在村子的山峁峁上,手执画笔,用大红大黄的色彩画着村里的每一处风景——低头饮水的牛儿,依偎在娘怀里吃奶的小婴儿,一只鸡,一头猪,在他画笔下也显得生动活泼。当然,画家画得最多的是麦秀姐的大辫子。

大胡子不作画的空闲,就来麦秀姐家,坐在樱桃树下那个石桌旁,画樱桃树和麦秀姐,我站在一旁出神地看着。当然,我在画家的笔下也是个头发卷曲羞涩的小男孩,将脚并得齐齐的,大胡子说,放松些,随意。我还是好紧张,竟从凳子上跌落下来。大胡子说,小不点,你长得这么有特点,我要画出农家小院的风情,你最喜欢什么我画什么,我喜欢看樱桃树。他说,你就看着樱桃树,不要动。我站在樱桃树下,保持着一个动作,直到脖颈酸疼,画家的画完成了。画中的我,瘦瘦黄黄的,我望着樱桃花的眼睛亮晶晶的。大胡子把画命名为《渴望》。我感觉这个词好,能表达我的意思。

后来,我透过院子的矮墙,看见了大胡子,在樱桃树下亲了麦秀姐,我偷偷地将这个事告诉了娘,娘说,小孩子家懂个什么,麦秀是大姑娘了,女孩子大了就要嫁人,不要再随便给别人说了。娘的嘴严实,在村子里是出了名的,她从不道西家长,东家短的。所有的是非恩怨到了娘这儿,就嘎然而止了。像一个长篇小说那样,读者刚读了一半,没有了下文,能不急吗?村子里那些闲聊的大婶婶们,再也不愿意将他们看到听到的新闻传播给娘,她们感觉到,一个新闻要是不传播,就没了劲头。我喜欢给娘说好多事,娘总是笑笑。麦秀姐喜欢娘,好多事她都对娘说,可这事,她没说。

我对麦秀姐说:"姐姐,等长大了,你嫁给我行吗?"

麦秀姐笑着摸着我脑袋说:"傻岗子,等你长大了,姐姐就成老太婆了,谁还要姐姐。"我急忙说,"没人要,岗子要啊!大胡子用胡茬,扎了姐姐的脸,姐姐的脸会扎破的,岗子没胡茬。"说完我夸张的在自己的脸上抹了一把。

麦秀姐"扑哧"一声笑了,她好看的酒窝印在了我心底。随后她像记起了什么,拉着我的手悄悄地说,记住,替姐姐保密,这事不能对别人说,包括你娘。你答应了,樱桃红了,姐姐给你摘。我有点不情愿,但为了能吃到甜甜的樱桃,我狠狠地点了点头,还和姐姐拉了勾。

从心底里,我恨上了大胡子,我感觉大胡子抢走了麦秀姐,麦秀姐多好的人啊!我常躲藏在大胡子看不到的地方,趁他不注意,悄悄地藏起他的颜料,有时在他画河水的时候,偷偷往河水里洒尿或者扔石头。当然,最恶的手段是,他过独木桥的时候,我悄悄地将支木桥的石头移了位置,我要让大胡子掉到水里。

可是我没有想到,大胡子在那天回了城,带走了他所有的画儿。走时,他偷偷地亲了亲麦秀姐说,等着我,我过几天就回来。

大胡子走了都好几个月了,还不见他的踪影。麦秀姐坐在樱桃树下梳头发的动作明显地慢了。

樱桃红了,一个个探出脑袋,像布满天空的星星一样。

麦秀姐说,娘,我想摘些樱桃拿到城里去卖。

全民微阅读系列

她娘停了半天才眯着眼睛说,樱桃还没熟透,带着涩味哩。麦秀姐说,娘,熟了,不信,你尝尝,顺手摘一颗放在娘的嘴里。娘呷巴着嘴说,去摘吧,只是没熟透。

麦秀姐拎着大篮子,树太大了,高处的得上树去摘,麦秀姐刚站在树上,那个枝咔嚓一声,折了。麦秀姐被跌落在了地上,崴了脚。医生说,伤筋动骨一百天,你好好歇着吧。打着拐杖的麦秀姐,成天站在院子中朝门前大路上张望。

大胡子来过了,他只看了院子中拄着拐杖的麦秀姐一眼,接着就头也不回地走了。我想这个可恶的男人,真是个白眼狼。我想给麦秀姐说,别等了,他不会来了。可我没敢说,我怕姐姐伤心。

麦秀姐在第二年樱桃红了时,嫁人了。出嫁的前一天,她娘对麦秀说,秀啊,忘记大胡子,他其实是你同父异母的哥哥,见到他第一眼,我就知道,他是来寻亲的。他几乎和你爹是一个模样。她娘掏出了一张发黄的照片和一封信,说,我只有阻止你们。其实大胡子来过,他说,她只看你一眼就走,他做到了。

失 忆

导读: 如果人脑能够一键还原。是不是很多美好的东西就不再失去呢?

每一种爱情背后,都有一个可歌可泣的英雄人物,而对于妖女吴小霜来说，爱情只是自己随手扔出去的手纸，要用时，顺手拿来，当然，用过了，好像也就没有多少价值了。

二点五随时有被吴小霜扔掉的可能。

可二点五那种百折不挠为爱情英勇拼搏的精神，让吴小霜一直下不了这个决心，当然，最关键的，还是目前还没有人能够像二点五那样，对她鞍前马后，那些男生们，只是饱饱眼福，真正能为她俯首称臣的，至少在目前，吴小霜还没有遇到。

谁知，二点五为了能够得到吴小霜的爱恋，默默地在背后付出了多少呢？

直到事发的那天晚上，所有的人才明白，表面上风平浪静的二点五，是如何在这爱情洪流中血拼的？

那天晚上，上晚自习的铃声刚响，宿舍中只留下二点五一个人了，他打算拿本复习资料就到教室去，刚转身去寻找，外面传来了咚咚的敲门声。

二点五连头也没回，就说请进。

门外站着两个陌生人，从着装上来看，绝对不是他们学校的学生。

其中一个高个子，一副大义凛然的态度对二点五说，我叫王明，你就是尹小白？

是！

你找我有事吗？

有事！

小子，知道我是谁，六中的足球王。如果识相点呢？你就马上从吴小霜身边消失，如果不识相，小心你的门牙哪天搬家。

如果二点五稍微软弱一点，他也可能就躲过这一劫难了。

可为了爱情，男子汉，怎么能够委曲求全呢？

全民微阅读系列

他反问：“我如果不让呢？”

不让，你就准备吃我的王门铁拳吧。

二点五还没有反应过来时，他的头已经碰在了宿舍铁柜的角上了，血已经顺着脸流了下来，二点五昏了过去。

那两人都慌了手脚，这个意外完全没有在他们的计划内啊！原打算只是教训一下他，吓吓他就完事了，没想到，却出事了。

怎么办，送医院。

王明打了120的急救电话，一边抱着二点五，大声喊着：“尹小白，你醒醒，醒醒，救护车马上就到了。”王明抱着满身是血的尹小白，穿过人群，歇斯底里地喊着：“医生，救人……”

当救护车呼啸而去的时候，一时间，校园中乱纷纷，大家都争相打听着事情发生的经过。

校园本身是个敏感的地方。

事后，学校下令，不让任何外人出入校园。

二点五住进了医院，吴小霜这才意识到，自己真正的让二点五付出太多了。

吴小霜自告奋勇地去医院照顾二点五，也该让这个妖女偿还一下自己欠下的感情债了。我陪同吴小霜来到了医院，刚走到病房门口，听吴小霜叫了声：“阿姨。”

二点五的母亲，显然才从迷茫中醒了过来，当她断定吴小霜就是那个让他儿子受伤的女孩。

她如同一头咆哮的狮子，对着吴小霜大吼：“你，你叫小霜，对吧？”

吴小霜从喉咙里“嗯”了一声，表示认可。

“你走吧，我不想看到你。”

“阿姨，你听我给你解释？”

"你还想解释什么啊？你觉得把我儿子害得还不够惨？我一直想见见，这个让我儿子神魂颠倒的女孩子是怎样的三头六臂。"二点五的母亲把一腔的愤怒全发泄到吴小霜的身上，吴小霜站在那里，眼泪打湿了地板。

病房外围满了人，有人指指点点，护士听到了吵嚷声，赶了过来，用很职业的口吻说了，吵什么吵，病人需要休息。

我趁势把吴小霜从病房里拉走了。出了医院的大门，吴小霜依然在哭，我劝她："妖女，这点挫折都经受不住啊？"

人家儿子现在在病床上昏迷不醒呢？让人发泄一下私愤，总能理解的嘛。

吴小霜却说了，我不是为了这个哭，她如果骂我，能够让二点五醒过来的话，我宁肯她骂我，我看到他在病床上的那个样子，我就难受。

吴小霜伏在我的肩上，我说："哭吧，哭出来就好受了。"

二点五终于醒了过来，在第七天的早晨，他醒过来的第一句话是："妈，赶快给我一点吃的，饿死我了。"

他的母亲激动地哭了。

听到这个消息，我们都长长的松了一口气，按医生的说法，如果他在七天左右醒过来，那么就不会有什么大碍，如果醒不过来，很有可能变成植物人。

吴小霜坐在教室里，她微闭着眼睛好像在祈祷。我说："行了吧，妖女，你别这么神神叨叨的，我早晚会被你搞成神经病不可。"

她突然间摊开手掌对我说："给我看看手相吧？"

我说："妖女，你还是用你的巫术，自己给自己卜一卦，看看到底是天庭哪个看门的玩忽职守，打了盹儿，让你偷偷溜到人间来祸害天下黎民苍生呢？"

吴小霜心事重重，我拿了一支笔在她眼前晃了晃，我说，感情是感情，爱情归爱情，两码事儿，不能混为一谈的，对吧？你现在可能正在考虑如何去应对醒过来的他？

她眼睛一下子发出了亮色，我说，别看我，我可没有什么好主意给你出的。

两个多月后，二点五出院了。

出院后的二点五，见到了吴小霜和我，没有一点反应。

我和吴小霜热情地迎了上去，二点五见我们俩跟他打招呼，他一脸诧异地问道："我们认识吗？"

不认识。

吴小霜极力表现得很愧疚，而二点五好像什么事儿也没有发生过。

他失忆了。

二点五脑袋储存器里，早已将我们这些人全部删除了。

对于二点五来说，好坏皆有，二者并重吧。

如果一键还原能够让他记起从前，如果他还喜欢从前，我们宁愿他记起。

可惜，这个键只能用在电脑上，而人脑却无法一键还原。

补
丁

巴扎克的草原

导读: 草原就是牧民的家,失去了草原的巴扎克,就失去了家。

巴扎克笑得最灿烂的时候,也是他内心最焦灼最痛苦的时候。

巴扎克去乡上开完会回来,他没有多说话,这个黑脸的草原汉子,抓起大水勺,从木桶里舀出一大勺酸奶,咕咚咕咚地喝完后,骑上他的那匹白马出了门。他腰间的那一柄短刀晃晃荡荡好惹眼。

妻子阿依娜追出帐篷,她目送着丈夫骑着马出了门。

儿子扎西一脸不高兴地赶着羊回来了。阿依娜知道,儿子想上学了,可家里没钱交学费,怎么办呢?

家里没钱,乡亲们也没钱哪? 连续两年大旱,草场里的草都被太阳晒死了,好多人都纷纷搬到城里谋生去了。阿依娜也想搬迁到城里去,可每次一提起这事,巴扎克就大怒,我一个牧民,我到城里,我拿什么生活? 我只知道放牧,我没有别的本领。

可是儿子上学需要钱哪!阿依娜一说这话,巴扎克就沉默不语,她说到他的疼处了,一分钱难倒英雄汉啊!

阿依娜一想到儿子上学的事,她总是忍不住想哭。巴扎克去借钱了,他没借到一分钱,没有人借给他钱啊,牧民们都像蚂蚁一样,到处搬迁。

乡上下令了，为了保护草原，将他们这块草原的草圈起来，禁止放牧。

禁牧，意味着他们的牛马羊将被饿死。巴扎克愤怒了，他去和乡上干部理论，说着说着争执了起来，结果，他从腰间抽出短刀，朝那个人狠狠地刺了过去，幸好，那个人躲闪及时，才没有酿成大祸。

巴扎克被拘留了三十天。那些日子里，巴扎克不住地跪下来求派出所的民警，把我的刀还给我吧，那是妻子阿依娜送我的，上面还刻着她的名字呢？我每天都把它带在身边。

派出所的干警说了，这个不能给你，那是你的作案工具，也是判案的证据，我们不能给你。

巴扎克哭了，他语无伦次地说，把我的刀还给我，把我的草原还给我。没有人理他。他只能一个人在拘留所里自言自语。

巴扎克在拘留所整整呆了一个月，他日思夜想的阿依娜会在第二天早晨突然出现在他面前，可阿依娜没有去看他，他非常伤心。

被释放那天，派出所的干警将那把腰刀还给了他。出了拘留所的大门，巴扎克没有直接回家，他骑上那匹白马，一个人在金色的阳光下飞驰着，满眼的绿色将他的心放飞。他大笑着，骑在马背上大笑着，那笑声，像河水在呜咽，像极了草原的生灵在哭泣。

巴扎克累了，他轻轻地下了马，一个人四仰八叉地躺卧在广袤的草原上，蓝天下的白云在飘散，几只秃鹰在头顶盘旋。

他太累了。

一只轻柔的手在慢慢地摩挲着他的脸，巴扎克醒了。一个漂亮的大眼睛姑娘，她静静地坐在巴扎克的身边，温柔的望着他。

巴扎克坚硬的心在瞬间被融化了,他猛然间起身,一把抱住了那个姑娘，蓝天白云草原都不存在了，他们的吻将整个大地融化了。巴扎克感觉到,自己的心幻化成了雨水,整个草原都被滋润的活泛了起来。

直到傍晚,夕阳快要落山的时候,他们才恋恋不舍地离去。临别时，姑娘送巴扎克一把藏刀。巴扎克带着她的温情回到了家。

他想得到阿依娜的一个拥抱和一个深深的吻。可阿依娜依然愁容满面。她依然在想,儿子的学费问题。

阿依娜说了,我明天去公路旁卖酸奶,去给儿子挣学费,巴扎克大吼,不许去,你去了,我打断你的腿。阿依娜没有说话,她转过身默默地流着眼泪。

第二天,等巴扎克出去了,阿依娜依然套上牛车,拉着一桶酸奶出了门,在公路旁,她站了整整一个中午,每过来一辆车,他就大声的叫嚷着,可过往的车没有一个停下来买她的牛奶。

她准备赶上牛车走的时候,一辆大车停在了她面前,阿依娜欣喜地用手比着,来人听不懂藏语。可他一直目不转睛地盯着阿依娜的脸说着:"恩人,恩人哪。"他给阿依娜一百块钱,将她的酸奶全买走了。

原来,当年那个汉民,晕倒在了阿依娜的家门口,是阿依娜救了他,他没有想到,自己苦苦找寻了多年的恩人在这里碰到了,太意外了。

临走时,汉民给阿依娜留了一张名片,说让阿依娜有什么困难,一定去找他。阿依娜收下了那张名片,她没有给巴扎克说。

到了家里,巴扎克并没有因此而高兴,他抡起大锤将酸奶木桶打碎了,阿依娜的脸被他打青了。在倒地的一瞬间,阿依娜看

全民微阅读系列

到了,巴扎克腰间挂着两把短刀。阿依娜哭了,他知道,巴扎克已经不属于自己了,草原也不属于自己的了。

巴扎克觉得丢人。他说了,草原就是牧民的家,牧民不能自己看不起自己,可他哪里知道,他苦苦守候的草原,如果被圈起来,他就得去城里谋生。

阿依娜终于受不了巴扎克的粗暴,她悄悄地带着儿子走了。

后来,草原没了,巴扎克一个人望着自己生长了几十年的草原,他哭了。

草原的枯草都在听他吼着草原牧歌,不像在唱,而是在哭。

巴扎克的草原没有了,他把心葬在了那里,他也要去城里生活。临走时,他扔了那把不属于自己的腰刀,他要去寻找远在城里的儿子和妻子阿依娜。

永远的女儿

导读:有一种感情叫不离不弃,水生媳妇做到了。

鸡叫头遍的时候,水生爹就起床了。老婆在炕头嗔怪他,下这么大的雨,怎么比周扒皮起来的还早呢? 水生爹没有理会老婆的话,他披上雨衣,戴上草帽向地里走去,活脱脱一个会动的稻草人。

水生爹心里憋着一股子气,他抬起头望着还在打雷的天,骂一句:死龙王,怕是闹肚子了,这轰隆一声,就关不住龙头了。没有人回应他,也难怪,才四点多钟,下了大雨,没有人会像他起那么早的。

他一路向地里走去,雨整整下了六天了,已经黄透的麦子还没来得及收割,都已经长芽了,他望着那一块地,心里泛起一阵酸楚来。

家家都缺粮食的年代,一家七八口人,就分一两袋麦子,其次便是高粱面,那时,红红的高粱面吃得人鼻头都发红了。那一点麦子面留待家里的老人或者孕妇吃。现在,虽说家里的粮食还有几大囤,但麦子遭此恶运,辛辛苦苦一年算是白忙活了,他不能不心疼啊。心疼归心疼,谁又能和老天较劲呢?

最让水生爹闹心的事不是麦子,他最揪心的是水生媳妇。

那婆娘自从水生走后,成天不着家,一有空闲,就往村委会跑,不就是一个妇女主任嘛,怎么那么多事呢?这些个下雨天,她总是夜里十二点多钟才回来,让老俩口烦极了。水生娘说:"他爹,给儿子打个电话,让他回来吧,这媳妇怕是要飞了。"

水生爹给在外打工的儿子打了电话:"你小子给我回来,马上。"水生在电话中推诿,工地上的事太多了,脱不开身。爹,你和娘就少操这份闲心了。水生爹在电话这头气的嗓子直冒烟,这自己猪八戒照镜子,里外不是人了。

水生媳妇照样每天晚回家,水生爹就端了凳子,棍子一样杵在堂屋,他的脸涨成了猪肝色。媳妇见公公一脸怒气冲冲,就问道:"爹,这么晚了,你怎么还不休息呢?"水生爹用拐杖咚咚地捶着地,其实,他还没有老到要用拐杖的年纪,只是为了显示自己的权威。他吼道:"一个女人,不好好在家呆着,半夜三更回家,外人怎么看呢?"媳妇笑着说:"爹,我有正事呢。"说着进里屋休息去了。

水生爹气糊涂了，他一整夜都在抽烟，烟雾呛得老婆直咳嗽，水生媳妇起床给婆婆端着水，俨然一个好媳妇。

水生还是被他爹叫回来了。回家后的水生，他和媳妇离婚了。离婚后的第二天，水生就急急的开着车跑到城里去了。

第三天，水生媳妇从城里带回来一个孩子，一个漂亮的城里孩子。一时间，小村子沸腾了，所有的人都议论，这个不守妇道的女人。水生媳妇仍然不说一句话，任凭所有人的唾沫将自己淹死。

水生娘说，我就说这个媳妇早飞了，这下子，幸好儿子和她离婚了。

水生爹气呼呼地说，我说这两天心怎么那么慌呢？原来事情出在了这里啊！

水生媳妇依然没有给任何人解释，她一门心思地办她的厂子。她的麦秸秆工艺品加工厂正式开业了，村子的大姑娘小媳妇都成了她的员工。

水生娘是村子里的编织高手，水生媳妇就去请婆婆："娘，去帮我吧。"水生娘背对着媳妇说："别叫我娘，我没有你这个儿媳妇，你竟然背着水生为别人生了个孩子，还有脸叫我娘吗？"

媳妇说了，娘，别人不清楚，难道你也不知道，我生没生孩子，天天和你们在一起，一个孩子要怀胎十个月啊？

水生娘突然感觉事情的蹊跷。是啊，这一点她怎么没想到呢？那这个孩子是谁的呢？

媳妇流着泪水说，娘，不是我。那是水生的孩子，他和别人的孩子啊？

媳妇将一个骨灰盒送了回来。水生和媳妇离婚后，急匆匆载着一家三口回城时，和一辆大货车相撞了。他和那个女人都死了。只有这个没人照料的孩子有幸活了下来。

媳妇怕爹娘一时间接受不了这个事实，就瞒着他们，把这个孩子抱了回来。

水生娘抱着媳妇哭着说："孩子，回来吧，委屈你了，水生去了，你还是我们的女儿。"

天凉好个秋

导读：二楞子说，钱能解一时的贫困，佢解决不了内心的穷困。

二楞子媳妇用食指戳了一下二楞子的脑门骂道："你真是自家坟上不烧纸，别人墓前哭瞎眼。五奶奶生病与你何干？"

二楞子嘿嘿一笑说，你不懂啊，我感觉五奶奶比亲娘还要亲呢！

五奶奶也够可怜的，一生无儿无女，五爷爷死得早，她就从娘家兄弟那儿过继了一个儿子叫刘顺子。可现在呢，刘顺子长大了，娶了媳妇忘了娘，不认娘了。

五奶奶生病躺卧在床上，太可怜了。二楞子家和五奶奶住对门。你说，像二楞子这种实在的人，他能不管吗？

二楞子将五奶奶送到医院后，他就跑到顺子家去理论，可刘顺子是个软耳朵，什么事都得听他婆姨金枝的。

金枝那女人，脸蛋长得漂亮，心肠却狠着，她看到二楞子来了，就没给好脸色，指桑骂槐地说了句："那个穷婆子，又没生顺子,为何要顺子养活她啊?"

二楞子嘿嘿一笑,说了,金枝,你不管我可管了,至于以后你娘的剪纸再卖来的钱,你可别眼红。说完他大摇大摆的出了门。

二楞子坚信,这两个爱钱如命的人一定会到医院看望五奶奶的。

第二天一早,金枝就和刘顺子跑到医院,娘长娘短的,还主动倒歉。五奶奶做梦也没有想到,这两口子今天真是太阳从西边出来了,怎么对自己这么好呢?

过了两天,金枝终于憋不住了,露出了她的狐狸尾巴。她急切地问五奶奶,你那个被美国人看中的剪纸真挣了三万?

五奶奶一下子明白了,这两口子是冲着自己的剪纸手艺来的,而不是她的人,她就点了点头。

是啊,当年,有一个美国老外游龙门洞来,可他偏偏看中了我的剪纸,就用三万块钱买下了。不过,那个钱,早已经给顺子娶了媳妇,魂早都没有了。

金枝的脸瞬间黑了,拉着顺子一溜烟的跑了。

五奶奶就拉着二楞子的手说:"五奶奶的苦水能倒好几十大桶呢? 二楞子呀,难得你这么孝顺啊,五奶奶不会亏待你的。"

二楞子清楚,当年跟着父亲讨饭到村庄里,大年夜,家家户户都吃团圆饭,唯独他们父子俩还躲在人家屋檐下避雪。那年的雪好大! 村子里别人都放狗咬他们父子俩,没有人给他们好脸色,又困又饿的二楞子快要支持不下去时,五奶奶从家里端出一碗热腾腾的肉汤,给他们父子俩拿了两个白馍。二楞子说了,那天的肉汤,是他今辈子喝过最香的汤了。父亲在临终前一再交代,受人滴水之恩,定当涌泉相报,这大恩大德,他这辈子也报不完。

五奶奶还是没有熬过秋天，她在深秋的一个早晨走了，带着一丝遗憾走了。她唯一的愿望是，顺子能给自己端孝盆。北方的农村，最在意孝盆一说了，据说人死后，没有人给你端孝盆，死后不能升到天堂，而是下地狱，孝盆一般是自己的儿子来端。二楞子知道五奶奶的心思，他说，五奶奶你走吧，你对我比亲娘还亲，你的孝盆我来端。五奶奶听到二楞子的话，闭上了眼睛。

　　走的时候，他将一个破烂的枕头交给二楞子，娃呀，好人定当有好报，这个东西你一定得留下。

　　二楞子披麻戴孝地埋葬了五奶奶，他打开了那个破包，那有五奶奶找人写的一份遗书和三万块钱的折子。

　　二楞子没有用五奶奶的钱，他将钱全捐给了学校。他说了，钱能解一时的贫困，但解决不了内心的穷困。

　　二楞子站在五奶奶的墓前哭着说，五奶奶，你安心地去吧，天堂的路一定会越走越宽的，我替你积了大德。所有的后人不会忘记你的。

心有千千结

导读: 刘老蔫为了自己的一句承诺,养大了别人的孩子,他是对还是错呢?

　　人活一张脸,树活一张皮。刘老蔫天天念叨着这句话。不知道他这句话是说给自己听,还是说给别人听。总之,他一直在说

全民微阅读系列

这句话。

纷纷扬扬的大雪覆盖了整个大地，刘老蔫和孙子推着那辆独轮车，艰难地走回村庄。

刘老蔫的车上绑着一只荆条背篓，背篓里是他们在公路上扫来的半筐煤渣。车轮深深地陷落在雪里，雪地上留下了他们深深浅浅的脚印。

九岁的孙子鼻子冻得通红通红的，他望着刘老蔫佝偻的腰说："爷爷，我给你背诵一个《卖炭翁》，我们刚学过的课文。"

刘老蔫笑了，他抚摸着孙子的头说，爷爷哪是什么卖炭翁啊，是捡炭翁还差不多。好好，俺孙子长大了，背诵来让爷爷听吧。

孙子望了望爷爷脸上拧到一块的皱纹开始大声背诵：卖炭翁，伐薪烧炭南山中。满面尘灰烟火色，两鬓苍苍十指黑……

刘老蔫的思绪一下子回到了三十年前。那时候，他还是一个身强力壮的小伙子，他和同村的牛二壮都在煤矿里当工人，每天进出煤厂，下煤井，两人的感情好极了。

那时候的他，叫四娃子，老实厚道，就是不爱说话，用牛二壮的话说，就是三棍子打不出一个响屁来。三十出头的人，工友们都喊他刘老蔫，他也不恼。

有一天，他们俩一同下煤井。可谁知，煤井塌方了，两个人都被埋在了煤井下。等两天后，被人救起来，牛二壮拉着他的手说，老蔫，答应老哥，儿子你来养活。望着刘二壮的脸，他毫不犹豫的答应了。

他知道，如果他不答应，牛二壮就闭不上眼睛。答应了二壮，刘老蔫心里清楚，那意味着什么？意味着他将娶一个别人的老婆，养活一个别人的孩子。大家都说他傻瓜，这种事情怎么能答应呢？可刘蔫没有说什么，他默默地接过了那母子俩。

二壮媳妇也就成了他刘老蔫的媳妇。那个时候，家家户户都吃不饱，多一个孩子，意味着什么。刘老蔫和媳妇商量了好久，他们决定，不再要孩子，牛福就成了他刘老蔫的儿子。按理说，再怎么这姓也得改一改啊，可刘老蔫不同意，答应了二壮，让孩子跟着我姓，那我就是不仁不义。牛福依然跟着二壮姓牛。

他就将牛福当成了自己的孩子。就这样，夫妻俩为了牛福，起早贪黑，供他上学。牛福从小就对上学不感兴趣，门门功课不及格。高中没毕业他便不去上学了，他跟着刘老蔫去煤矿做工，可他嫌辛苦，便开始倒腾着做生意——卖煤。

现在，牛福在城里已经成了一个大老板，他的燃料公司生意一天比一天红火了。刘老蔫说，总算给二壮有一个交代了。后来，老婆比自己先走了，只留下孤零零的刘老蔫一人。村里人都劝他，儿子现在是大老板了，你还是别拣煤渣了，这俗话说，一日为师，还终生为父呢，何况你养了他几十年？刘老蔫总是摇头不语，他笑着说，儿子太忙了。

牛福的生意在日益壮大，可他从来没有叫过刘老蔫一声爹。只有这个小孙子，隔三差五地跑回来，甜甜地叫声：爷爷。刘老蔫感觉每一个毛孔都舒坦。

他知道，牛福有一个心结，他总是认为他的亲生父亲是为了救刘老蔫才死的。他对母亲改嫁也颇为不满。刘老蔫不知道怎样才能让牛福认可他。

三十年来，牛福还是原来的样子。刘老蔫在一个雪夜，呼喊着牛福的名字离开了。

牛福没有来送葬，村里人将刘老蔫埋在了后面的坡上，那里有一道高高的岭——叫感恩坡。

全民微阅读系列

有一次，牛福回村里来了。儿子对牛福说，爹，知道爷爷埋葬的地方叫什么名字吗？

牛福说知道。

儿子歪着头说，你将来死后，我就将你埋在那个山脚下陪爷爷……

牛福深深地低下了头，对着感恩坡慢慢地跪了下去……

青色胎记

导读：向天贵的青色胎记，难道不是桂花心中的朱砂痣吗？

青皮总说乖配乖来丑配丑，老狼婆子配野狗。我青皮这辈子就这命了，只配娶村西头那个满脸雀斑的牛家老姑娘了。

这老姑娘快四十岁了，还守在娘家未出嫁。青皮就差人去给自己说媒，可那个麻脸老姑娘，瞪着一双牛样的大眼睛说，别瞧我脸上有花斑，我心里亮堂着呢，跟了他，除非天塌了地陷了。

青皮没有想到，这个麻脸的老姑娘，都不拿正眼瞧自己，他的心里凉透了。

青皮叫向天贵，他刚出生时，左半边脸就是一大块青紫的胎记。他娘吓得晕死了过去，可儿子再丑，总还是自己的。以后谁也没有记得他的真名，都叫他青皮。

青皮都四十好几的人了，还没有娶过婆姨。他就常拿桂花说事，在当地，都说米脂的婆姨绥德的汉，可人家牛铁匠就命好，娶了一个漂亮的米脂婆姨桂花。

要说桂花,母亲生她时难产死了,爹在桂花十五岁那年得肝癌死去了。桂花就嫁了牛铁匠,牛铁匠抡了十几年的大捶了,力气大如牛啊。稍有一点不顺心,他就抡起粗壮的胳膊,顺手朝桂花的脸上就是一巴掌,五个青青的指头印,便留在了桂花的脸上。青皮就去劝他,媳妇是用来疼的,不是用来打的。牛铁匠就笑着说,打到的媳妇揉到的面。你没娶过女人,你不懂。青皮便不再言语,他说到青皮的疼处了。

桂花的半辈子是在泪水中浸泡着。桂花被打疼了,她就跑,跑到池塘边想寻死,被看鱼塘的青皮救下了。

青皮给桂花端过热腾腾的鱼汤,舀了一勺子,在嘴边吹吹,要给桂花喂,桂花的眼睛湿润了。这么多年了,牛铁匠从来没有给自己端过一碗饭,就连生病时也没有。可眼前这个男人,虽然丑点,心却这么细。

桂花的身子就软软的,她不想走了。不走不行啊。牛铁匠知道了,那她就得吃不了兜着走。

桂花离开的时候,青皮站在池塘边一直目送着桂花到黄昏。

这灾难说来就来了。七八月间,又涨洪水了,牛铁匠还没去抗洪抢险,就已经倒在自己家门前,他是在夜里喝了酒,倒在了洪水中。最后,捞回来时,只是一个硬邦邦的尸体了。桂花没有哭,一滴眼泪也没有。

第二天,青皮去了大堤上。听说水位还在涨,半个月内已经连续三次洪峰了。

桂花偷偷去看他,找了好几次,终于在人堆中看见了他,只是,那一张阴阳分明的脸,早已被泥水全染成了一色。他赤裸着上身,裤子也被泥巴浸染得分不出底色了。肩膀也到处是紫色的伤痕,头发乱蓬蓬如肮脏地上拖过的拖把。

桂花就哭,她不能让他发现。大堤上不允许女人和小孩子去的。

七月的天,蝉儿亮亮的声音不停地叫着,那声音撞在了树干上拐了个弯儿,拐了弯的蝉鸣,撩得人心痒痒的。桂花真想冲过去,一把抱住青皮,她心疼他了。

洪水渐渐退去了。村民们回来了。桂花双眼巴巴在盼望着,却没有见到青皮,青皮被人抬着回来了,他病倒了,桂花就去照顾他,儿子在一旁扭着头,拉住娘,不让娘去看青皮,他说,村里人会笑话的。

桂花还是没有留住青皮,他走了,眼睛睁得大大的,好像有什么未了的心愿,村上人说,他是老绝户,还是让村上来安葬他吧。

桂花不让,桂花说了,不,他有儿子。

全村人都睁大了眼睛,桂花命令儿子,给你爹跪下。儿子拗不过母亲,只好跪下。

谁也没想到,曾经水灵灵如花一样的桂花,怎么会为青皮生一个孩子啊。青皮的眼在儿子跪下的瞬间闭上了。

人们都还在怀疑事情的真伪,桂花却揭起儿子的衣衫,一块大大的青色胎记像地图一样,吸引了每一个人的眼球。

人群中爆发出一阵唏嘘声。桂花走进了屋子中,等人们醒悟过来时,只看到她像秋千一样在半空中晃荡着。

拴 娃

导读： 拴娃娘救了我的命，我却不喜欢拴娃，长大后的拴娃，一心想帮助我，出资让我雕石狮子，我以为是自己的手艺高，却原来是他善意的谎言。

陕北出石匠，南方出宰相。没想到，三十年前我是石匠的儿子，三十年后，一心想当宰相的我，没成为宰相，却成了一个石匠。我有时候在想，三十年河东，三十年河西，那是没有科学依据的。

那天，当身体发福了的拴娃，像空降部队一样拘谨地出现在我家客厅的时候，他上下两排大白牙镶嵌在黑里透红的脸庞上，让我家那盆白色的菊花黯然失色了。

正值深秋，我刚从工艺品开发公司下岗一月多，正赶上儿子上高三，妻子不幸中风了，瘫倒在床头需要人照顾，我的生活简直成了一团乱麻。

对于拴娃这个不速之客的到来，我颇感意外。拴娃还是拘谨地说："哥，我今天来，是有一件事需要你帮忙的。"他还是那个腼腆的样子，一说话就结巴，不过，从着装上来看，他的日子也可能过得不怎么样。

我是一个直性子，就打断他的话说："我的生活你也看到了，我帮不了你什么忙的。"

拴娃的嘴唇动了动，但他还是没有说什么。临走时，从随身的包里，掏出一对做工精美的工艺石狮子递给我，意味深长地望了我一眼说："哥，别荒废了你的手艺，照这个来做，每个 200 元，你来做，我来收购。半年之后，我来取货。"原来他说的帮忙是这个啊，等我从茫然中回过神来，他早已无影无踪了。

提起狮子，我的思绪一下子回到了我和拴娃三岁时的情景。那时候，拴娃爹天天嘴里叼着一个大烟锅，说着那句民谣："财东房上有兽头，罗门石狮大张口；官家挂匾栽旗杆，百姓狮狮搁炕头。"虽然我们那时候听不懂他的话，但石匠雕狮子在我们那个地方，是家家男人都会的本领了，连七八岁的小孩子都会雕刻炕头石狮子。

炕头石狮子被老乡们像家珍似的一代代保留下来，并不是拿它作摆设，或仅仅供人观赏，而是作为一种消灾免难的神圣物，在"拴娃娃"以及"镇山"、"镇宅"等乡俗活动中应用。有条件的富户，镇山雕有"镇山狮"，镇宅雕有"镇宅狮"，它们的体积大，又有特定的格式，与炕头石狮不属于一种类型。炕头石狮本来只是为"拴娃娃"雕琢而成，一般老百姓没有条件雕别的，就不得不让它身兼多用。

炕头石狮被拿去"镇山"、"镇宅"，毕竟不是主要用场。"拴娃娃"才是它的主要用途。

小时候，大人们外出做工，怕娃娃们从炕头摔下来，就将娃娃们拴在炕头的狮子上，拴娃的名字也是这样得来的。他那时候身子屡弱，为了好养活，爹娘就给他起了这样一个贱贱的名字。

那时候，我们两家住在同一个院子中的南北两座房子中，两座房子面对面。调皮的我，偷偷解开了拴娃和我的绳子，兴高采烈地拿起姐姐的红领巾跑到院子中玩，结果，惹怒了家中那头壮硕的大健牛，拿着红领巾的我，蜷缩在墙角发抖，牛怒吼着朝我顶了过来，我大声哭喊着……

这时候，拴娃的娘回来了，她赶紧抓住了我手中的红领巾去拦那头牛，结果牛的犟劲上来了，将拴娃的娘抵在了墙根，牛尖利的犄角深深地刺进了她的身体，血流了一地。

拴娃娘死了，家里人披麻戴孝的埋葬了她，可拴娃没有娘了。

拴娃的爹是个专业石匠，他做得一手绝活，能雕各种各样，形态各异的石狮子。没人管的拴娃，爹怕他乱跑，就把他拴在炕头的石狮子上。

娘看着拴娃，不住地流泪。后来，拴娃大多时间就在我家度过，我常和拴娃争抢东西吃，娘总是先给拴娃吃。那时候，我最恨那个在我手中抢东西的拴娃了。娘说，欠人家一条命呢。儿啊，记住了，一辈子不能忘记这流血的恩情啊。拴娃以后可就是你亲弟弟了。

可在我小时候的记忆中，只有被牛顶得浑身是血的拴娃娘。至于拴娃，我还是感觉他是我的小"仇人"，他和我争东西争娘。我怎么能不记恨他。

后来，我们一家搬到了城里，拴娃依然跟着他爹雕狮子，我将自己学到的雕刻手艺搁了下来了，考上了大学。以后跟拴娃的联系少之甚少，几乎没有联系了。

大学毕业的我，鬼使神差地进了工艺品厂。可如今厂子减员增效，清高的我还是被刷了下来。

我虽然没有明白，拴娃究竟在做什么，可他给的那个价位还是让我心动了，我开始又一次拾起了自己的手艺，雕刻的狮子个个伶俐活泼，天真可爱，像一幅幅工笔小品画。我一件两件的做，

全民微阅读系列

半年过去了,我刀下的狮子已经是惟妙惟肖,栩栩如生了。

拴娃没有失言,他又一次上门,他依然没有太多的话,只是从包里拿出五万元钱留下了。带走了我所有雕刻的狮子,且和我签了合同,这些钱是他预付的工钱。他说了,有什么事你尽管找我,他给我一张名片:石狮子工艺出口贸易公司总经理,拴娃。

当我第100个狮子雕好时,我决定亲自给他送上门去。在华丽的总经理办公室,他不在,我发现了自己所有的雕刻作品。每一个石狮子脖子上系着一根红绳子。秘书告诉我,总经理天天看着这些石狮子发愣,有时候还流泪。

那你们经理说这批货催得紧,不是早已经出口了吗?为什么全在这里呢?秘书说,我们公司现在是电子雕刻,再说了,工底质料都不一样,出口的东西,做得这么粗陋是不行的。

我第一次感觉自己欠拴娃太多了……

第五辑

心灵对对碰

有一句话说得好，你的心有多宽，你的舞台就有多大；你的格局有多大，你的心就能有多宽；放大你的格局，你的人生将不可思议；茫然的心无处安放时，给灵魂找一个安妥的归处。

红指甲

导读:用指甲油涂抹的指甲,新潮却失了纯朴,回归自然,是秋露最终的归宿。

女人天生爱美,秋露的娘也不例外。

秋露记得,自打她蹒跚学步起,娘就常在镜子前打扮自己,惹得她常把娘的胭脂涂满小脸蛋儿。当然,免不了爹一顿奚落,他骂娘骂秋露。

那时娘年轻漂亮,两根长辫子一直垂到了腰际。走路一扭一扭的,像极了舞台上的戏子,漂亮。

最让秋露记忆犹新的,要数娘的手了。

娘每天做完农活回来,就用香皂洗洗手,一股好闻的香味飘进秋露的鼻孔。秋露望着娘纤细白嫩的手,情不自禁地把自己嫩藕般的小手放进娘的手里,又拿出来闻闻,好香啊!

麦收过后,北方的农村就到了空闲的季节。娘就有更多的时间打理她的小花园了。春天,园子里的花百花竞赛一样开满枝头。夏季,当然,最美不过指甲花了,一串又一串的指甲花,开在了枝头,也开在了娘的心上。娘就采集些厚一点的树叶,捣碎白矾,和着指甲花包上一夜,第二天,娘的指甲便嫣红嫣红的,好看。秋露嚷嚷也要包红指甲,娘不让,说她还小,等长大了,就能包红指甲了。从那以后,秋露就多了份心思,希望自己快快长大。

转眼间,秋露长成了大姑娘。长大了的秋露比娘年轻时还漂亮,手比娘的还白净纤巧。秋露猛然发现,娘多年没有染红指甲了。虽然,每年的指甲花还在娘的小花园里噼里啪啦地开着。可娘的手不再白皙鲜嫩了,粗糙丑陋的一双手上布满了老茧,如老树的皮,皱巴巴长了结。指甲也像小丑头顶的幅子,歪歪扭扭没个正形了。

秋露的心酸酸的。

秋露没有考上大学,她去了广东打工。在那里,秋露看不到指甲花,只有满大街将皮肤涂成小麦色,嘴唇染成黑色穿露脐装的女子。最让秋露惊讶的是,她们嫩白的指头缝里旁若无人地夹着一根香烟,昂着头吐着淡紫色的烟圈。秋露看见,那些女子的一寸多长的指甲不是红色的,而是花花绿绿地,什么色都有,秋露也觉得,这比娘的指甲花染出来的好看千万倍啊。

随后,秋露也学会了留一寸多长的指甲,将其染成红黄蓝绿青紫,十个指甲十种色,甚至还可以更多,在上面画花草虫鱼,啥新鲜画啥。当然,秋露没忘了也夹起一根烟,吐几个烟圈。

当然,长大了的秋露也处了一个男朋友,是一个公司的经理,虽然和父亲年纪相仿,但他很有钱,秋露觉得,有钱的日子就可以涂各种各样的指甲,惬意啊。

秋露的日子就这样日渐色彩斑斓了。

忽一日,接到娘电话,娘在电话里问:"露娃子,好吗?"这是秋露的小名,当然这里没有人知道,大家都知道她有好多个名字,今天叫丽丽,明天叫珊珊,后天又换成了莎莎,再后天,还可以叫蒙娜丽莎。她的真名,没有人知道的。

秋露在电话这头说:"好好好。"在回答着娘的问话。

终于无话,娘在电话那头沉默了。仿佛找不到那个傻丫头了，随之而来的是新添了一个女儿一样，新潮而陌生。

放下电话，秋露终于忍不住大声嚎哭起来，她也仿佛看见了娘布满老茧的手和丑陋的小指甲，在夜空中狂抓。

突然间醒悟。

秋露洗掉了花花绿绿的指甲，涂上了鲜艳的红色，又放在眼前端详，然后全部洗掉，常年深埋在色彩下的指甲，终于露出了本真，秋露自言自语地说，其实这样也很好看啊。

秋露悄悄地回到了老家，没有给任何人道别。

她一身布衣，朴素极了。

回到家的秋露，一眼看见了娘的小花园，红红的指甲花早已爬上了枝头，她欣慰地笑了。

精品女人？

导读：女人切记，不要将自己打折，一定要将自己活成精品限量版。

我刚踏进陆野的房间，就像往常一样，动手给他收拾凌乱的屋子，洗他扔得满地都是的脏衣服、臭袜子。

陆野正打着酒嗝在阳台上给网友美眉打电话："妹妹，想我了吗？"言语中多了许多轻佻，视我如空气。我的泪水滴落在泡沫四溢的洗衣盆里，旋即便了无痕迹了。

我是谁啊？像是从劳务市场带回来的钟点女工，钟点女工尚有一点报酬,而我,还不时地自掏腰包。

见他打完电话,我说:"咱们出去走走吧?"

陆野关上了他正在玩的电脑游戏,和我一道出了门。

远远地一辆汽车开了过来,他松开了我的手,一个人跑到了马路对面。我站在马路中间茫然不知所措。他冲我嚷着:"你怎么那么笨,连走路都不会啊?"

眼中的泪水,瞬时像秋天的树叶,满天飘散。回到家,将 QQ 里的个人签名改为:茫茫人生路口,别无他求,只想你能牵我的手一起走过。

陆野不屑一顾地说:"没想到你这么矫情。"

红豆拉上我去商城,她一路直奔精品区,我执意去打折区。我一向不去买精品,太贵了,我只注意去年流行而如今打折了的款式。红豆说,你将自己打折了。我无语。是啊,成旧版了,旧版也曾是精品限量版,如今,只能是打折了的。

红豆说:"女人一旦恋爱,智商就变为零,而你,如今的智商为负数了。"我不去争辩。

好生羡慕她,她总活得惬意,有可人的面容和细软的腰身,好多男人都围着她转,而她总是撇撇嘴,这个太俗,那个太小男人。唯有一个还说得过去,可我一次也没见过他。

晚上,红豆去会男友。我刚一打开 QQ,一个叫"绿皂角"的男人头像在闪烁。也不知什么时候加了他,但看到这个网名总觉得亲切。没多少人知道,我对皂角洗发水的偏爱,这也许缘于童年时门前那棵大皂角树,奶奶总拿它来给我洗头。喜欢皂角,喜欢那种清雅淡泊的味儿。

"贝贝,你的牵手言论让我的心有点疼的感觉,想你大概是那个容易满足的女孩了。"这个迷人的称呼,陆野从来没有给我说过。一个素未谋面的男人，却让我有了销魂的感觉，想他是多么善解人意的男子。

无力拒绝他的要求，在视频里他见到了我，而他却成了雾里花水中月。他没有摄像头，只发给我一个帅气逼人的照片。他说，你气质不凡，大概是喜欢诗的女子了。这个男人目光独到，让我的心池开始荡漾。

我没有告诉红豆有关绿皂角的点滴，这只是我一个人的秘密。他让我知道，世界上最卑微的女子，也有一颗温柔的不容忽视的心，也渴望被爱的人称赞。

陆野依然玩他的游戏，和一个又一个网友约会。我已经伤透了心，但还是放不下这五年的情感。将事情和盘托出给红豆，也破天荒地道出了我和绿皂角的网上恋情。红豆说，你的智商现在可以成为正数了，我决定把你打造成精品女人。

ＱＱ上，绿皂角打出了一话："你不是爱得太深，是无法面对一个人的自己。"觉醒，他总是那样一针见血，却又不失温情。

一向素面朝天的我，下决心彻头彻尾地改变，将自己精心包装，做瑜伽、进美容院、买时尚限量版衣饰。红豆说，我不信，一个可以把唐诗三百首倒背如流、在全国大小刊物发表文章的女子，会是一个打折女子。

半年后，我与从前判若两人。看着镜中笑靥如花的我，鼓起勇气问绿皂角，可以约你喝一杯清茶吗？

他留下了一句话："贝贝，记住，牵你手的那个男人，永远在你昂起头的瞬间。或许，你不用转身，就会碰到。"网上，再没有了他的影子。

有点淡淡地苦涩，但心清如镜。一个人苦笑，明明知道是虚拟的网络世界，还为何要求现实中见面，只记住他带给我的快乐足够了。

记住了他的话,忙着上班,写自己喜欢的小女人文章,日子过得充实而快乐。

一次笔会中,我的文章获了二等奖,那个肯牵我手的男人找到了我,他如绿皂角一样清爽整洁。

收到红豆的邮件,是在一个春日暖暖的午后。

"贝贝,现在的你,昂起头,找到牵你手的那个男人了吗？是不是不用转身啊？"

合影里他的男友就是我网上的绿皂角啊。

林小可的小资爱情

导读：小资的生活虽然五彩缤纷,但生活还得要有烟火气息,不是吗？

林小可非常向往小资的生活,做梦都想。这样想的时候,这个城市的小资女人突然间像春天的细雨一样,悄无声息地溅得满地都是。

林小可喜欢咖啡,具体来说,她喜欢酒吧那种氛围。朦胧的灯光和迷散的意境都让她留恋。用姐妹们的话说,青春易逝呀,赶紧抓住青春的尾巴摇一摇。

林小可就觉得,小资女人大多都单身,不像她,成天下了班,围着老公孩子厨房灶台转。白净的皮肤也在烟熏火燎中成了各色地图。更别提她的手了，简直粗陋地没法形容了。可小资却在林小可的心里生了根，一天天枝繁叶茂起来了。

林小可为了她的小资生活，她和老公陈家明离婚了。孩子归了陈家明，林小可最想的事情就是一个人好好小资一番。

有了空闲的林小可，像出了笼的鸟儿一样，尽情放飞自己的小资情调，她会在适当的时候，打开自己的家门，让一些帅气的男人来陪她。当然，这些男人，都喜欢送她玫瑰、香水和咖啡。

离婚后的第一个情人节，林小可分别收到了三个男人的短信。第一个，是他的前夫陈家明。他说，孩子他妈，晚上我请你吃烤鸭，如果愿意，请给我回话，要不我约别人了。林小可看完这个短信，她哈哈大笑了。笑得花枝乱颤呀，直到把自己笑出了眼泪，她才停下来。这个呆子，永远是实用型的，瞧那个称呼，都那么老土。情人节，别人都送玫瑰巧克力，而他却只记得吃。

第二个是她在酒吧里认识的帅男丁若尘。他在短信中说，亲爱的可儿，七点整，我在夜来香酒吧等你。

第三个来短信的，是和她有过一夜情的网友兵临城下。他说，美眉啊，八点钟，我在"心语轩"等你，不见不散哟。这个男人的温婉让她动过真情。

不过，林小可感觉非常开心，女人就这样，喜欢很多男人牵挂自己，不论是她爱着的，还是她曾伤害过的。

林小可就决定赴后两个男人的约。幸好，他们俩打了一个时间差啊。她感激木呐的前夫还记得她最爱吃烤鸭，可她没有回话给他，她还是喜欢浪漫的小资。

七点整，林小可和丁若尘含情脉脉地喝完咖啡，林小可找了一个借口，告别丁若尘。临别时，丁若尘送了她十一枝象征一心一意的玫瑰花。

全民微阅读系列

七点五十分，林小可悄悄地扔了玫瑰去赴网友兵临城下的约。远远地，在"心语轩"的门口，她看见了那个瘦瘦高高的网友，正和一个女孩吻别。她的心陡然间凉了，原来她不是这个男人的唯一啊。她正在考虑自己要不要去赴约？

然而，她的目光却定格在了这个男人身后的另一对情侣身上——她的前夫抱着一大束玫瑰，挽着一个女孩子出来了，女孩子的幸福灿烂地溢在脸上。

林小可流泪了……

林小可突然间想吃烤鸭了。她一个人走在回家的路上，在满大街都盛开玫瑰的时候，她买了一整只烤鸭，边走边吃，边吃边哭……

琵琶弦

导读：张爱玲曾经说："每个男人心中都有两朵玫瑰，娶了红玫瑰，久而久之，红玫瑰就成了墙上的一抹蚊子血，而白玫瑰还是床前明月光。娶了白玫瑰，时间久了，白的就像衣服上一粒饭粘子，红玫瑰却成心口上的一颗朱砂痣。

落落挂在脸上的忧伤，风一样扫过每一个房间，最终，她把目光定格在了墙角那把琵琶上。

她白皙颀长的脖颈，将脑后的发髻高高地托起，像极了我工笔画中的古典女子。落落慢慢地取下了落满浮尘的琵琶，轻轻地用纸拭去上面的尘埃,温柔地生怕触动了心底的弦。

叶兰跟在落落的身后,她淡蓝色的薄纱裙,上面隐隐地坠满了白色的细叶,像柳树叶一样错落有致。叶兰沉静时,长长的睫毛,恰如其分地让她的脸更清秀。

叶兰望着落落说,时候不早了,该走了。

落落头也没有回的说,是该走了。

落落又折步回到了阳台上,白色的旗袍,将她修长的身躯,灵动在展现在了我的面前。

她坐在阳台的那把藤椅里,怀抱琵琶,有一种白居易笔下"犹抱琵琶半遮面"的风雅,她纤细的手指,灵巧地拢挑捻抹,压连滑颤弹弦,曲子忧郁而悲凄断肠,让人伤心欲绝。这曲子我听了好多遍了,每一遍都让人伤怀。

叶兰的眼里滴下了泪水,落落早已泪水横飞。她将头扭向了窗外,目光幽深。

遇见落落,是在不经意间,曾经以"鬼才"被同学和老师众星捧月的我,飘飘然了。我留长长的头发,自称为艺术特质。老师也不去管,因为我的那幅画,在日本获了奖,校长握着我的手说,奇才啊奇才,我们学校多年才出这样一个才子啊!

我是在画室的走道上,遇见落落。她穿着白色的旗袍在我面前云一样飘过,我有一种眩晕的感觉。我背着画夹,大声地喊道:"喂,同学,你能当我的模特吗?"

落落转身说,我期待有缘分的天空。

我还在回味她有缘分的天空是什么时,她的白色旗袍只余下一抹亮色留在了我眼底。

晚上,我整夜都在作画。画中,是一个临窗而立的倩影,白色的旗袍让我的画作张力欲显。

第二天,我满校园都在打听,那个穿白旗袍的女生,但没有打听到一点儿消息,我才发现自己竟然没有问她的姓名。有时我在想,难道她只是我的幻觉,根本不可能有这样一个人存在呢?

无心作画,陪哥们去校园的"苦咖啡厅"听音乐,那里是音乐系的天堂,每周都有人演奏。我却发现了在台上专注弹琵琶的落落。激动地我大声地叫喊着:"缘分,真的是缘分。"所有的人都将目光停留在了我的身上。

大家都定定地望向了我。落落微笑着走下台说,看来还真是有缘分啊!

落落就这样成了我的模特,我的工笔画中,多是弹琵琶的女子,白色旗袍,绾高高的发髻,男同学都说,性感。女同学说,那叫女人味。

时间就在我的画笔下一点点流逝着。我和落落都相继毕业了。她带我去见她的父母。古色古香的四合院中,青砖上爬满了绿藤,那是一种深邃的静美,难怪落落有一种古典的美在蕴含。

不多久,落落便成了我的妻子。那时的落落,在大学教音乐。那个穿白色旗袍的女子,也开始系着围裙为我下厨房,煮浓浓的粥给我。

时间这把梳子,一下子把光阴都梳白了。

落落的好姐妹叶兰,老公是军人,常年不在家,叶兰有足够的时间挥霍在咖啡馆和美容院。当然,叶兰也常出入于我的家,和落落说东道西。我也常在作画的间隙里陪她们聊天,说一些不着边际的话题。

大多的时间我在画室里,与其说是专心作画,不如说我在和烟草较劲,我的激情也一点点消失殆尽了。只有落落在打扫我的画室时,埋怨一两句。满地烟蒂,让我还在怀念那个穿旗袍的落落。我的梦中却是那个一袭红裙子的叶兰,叶兰狐媚的眼,是那种让男人一见都忘不掉的媚。

记得张爱玲曾经说过这么一句话:"每一个男人心中都有两朵玫瑰,娶了红玫瑰,久而久之,红玫瑰就成了墙上的一抹蚊子血,而白玫瑰还是床前明月光。娶了白玫瑰,时间久了,白的就像衣服上一粒饭粘子,红玫瑰却成心口上的一颗朱砂痣。

叶兰儿成了我心口那颗朱砂痣,这朵妖艳的红玫瑰却最终因了我的一个吻,倒在了我的怀中。

在我的画室,她将自己像一张宣纸样张开,我用我这支毛笔,随意地开始作画,那是久旱逢甘泉的淋漓尽致。叶兰儿野性的美丽,将她女人的本能挥洒自如,让我男人的征服欲望一点点膨胀。我一改往日画风,开始了大写意。

画室的门被打开了,午后的一缕阳光溜了进来。时间在那一瞬间停止了。开完演奏会的落落提前回来了。

落落哭着一路跑开,我在她的身后不停地喊她。"嘎"的一声紧急刹车声,我在车轮下开成了一朵花,落落抱着我时,我笑得很苍白,我说了一句:"我爱你,落落……我……对不起你……"此时的落落,早已忘记了自己,她抱着我,任凭我的血染红了她的白旗袍。红色的血,野花一样开在她的旗袍上,这是我留给落落最后的记忆。

落落仿佛失忆了,她整天弹琵琶,一曲又一曲,全是《昭君出塞》,她迷离的目光,诉说着深深的痛,此时的我,早已成了她琵琶上的一根弦,我用我长久的注视来赎回我的过失。

落落每天望着画失魂落魄,她不住地自责着,每当看到她眼中那些晶莹之色,我的心一遍又一遍忏悔。落落好长时间不曾在家,她往返于精神病院和家。

叶兰儿常常来看望她，而落落竟然也忘记了叶兰儿，她常常对叶兰儿说，妹妹，你看那幅画，多像枫画的。

叶兰儿总在这个时候沉静，她也和我一样忏悔。这次，落落的出行，是德国，叶兰儿出资给落落联系好了医生。

就这样，我天天在落落纤细的手指间被弹拨着，感受着她指间的温度。

醉　鸡

导读：得不到的和失去的，哪怕是感情，也许都是最珍贵的吧！

宁采和肖磊，两个人面无表情地坐在婚姻登记处的大椅子上。办证处的那个男人，大约五十岁左右的样子，一双色迷迷的眼睛藏在厚厚的镜片后边，目不转睛地从宁采的脸上扫过。

肖磊真想上前狠狠地擂几拳这个秃顶的男人，可他还是忍住了。这一纸绿皮证书拿到手，他们俩再也没有任何关系了，谁爱看她谁看去。

不过，他也忍不住顺着秃顶男人的目光看过去，他突然发现，宁采今天和以前不一样了。

合身的黑裙子，头发高高的绾起，露出白皙修长的脖子，他不由得感慨一句，这个女人今天才像个女人。

出了民政局的大门。他忍不住说了一句："你今天真漂亮！这次悄无声息的把婚离了，咱好歹请父母亲朋坐坐吧。"

她也望了望他干净清爽的白衬衣说，你今天也不错，知道收拾自己了。

两个人都互相带着欣赏的目光打量着对方。

她同意了他的做法。

肖磊说："那你在家做饭吧，我去买菜。"

宁采望着肖磊的脸，平静地说："去饭店吧，咱又不是请不起客。"

肖磊没有言语，他知道，宁采的确变了。不过，这一变，反而把肖磊搞得不知所措了。

肖磊记得，过去请朋友吃饭，宁采总是一脸的不高兴说，我在家里做吧，饭店啥人都有，不干净。

男人都爱面子，饭店不仅是为了是吃饭，是要那种气派。

宁采不，宁采舍不得银子，她说了，儿子要上学，家里那个老式的房子要换。生活得从一点一滴做起，细水常流嘛。为这个，两个人没少闹矛盾。

肖磊记得，刚结婚时间不久，好几个外地朋友来了，闹嚷嚷着要见新娘子。肖磊本来打算在大饭店请客，没想到宁采不愿意。只好把朋友们请到他们租住的那间小房子里。

等到肖磊领着朋友们进门时，一只红公鸡从家里蹦了出来，宁采系着围裙，拿着菜刀，蓬头垢面地跑了出来。

看到肖磊和朋友们，她一脸无助地说，拿着菜刀不会杀鸡，结果让鸡飞了，家里的东西也被鸡碰得七零八落的。

肖磊尴尬地冲朋友们笑笑，那笑，比哭还难看。

不过，宁采还真有本事，她突发其想，给鸡倒了一些白酒，那只疯狂的大公鸡，悄悄地跑过来，对着那杯白酒一顿猛喝，突然间就倒在地上了，宁采为自己这个创意还沾沾自喜时，她发现肖磊的表情是冷漠的。不过,朋友们都夸宁采的厨艺高,说肖磊真幸福。

肖磊感觉真没面子。他想要一个能下得厨房,进得厅堂的妻子。可眼前的这个女人,转眼间怎么只会进得了厨房呢? 当然,两口子最后为了这事吵吵了几天。幸好刚结婚,新鲜劲儿还没过,还不足以让两个人为这些鸡毛蒜皮的小事闹离婚。

一晃二十多年过去了,孩子去外地读书了,两个人的生活,现在又开始陷入了一种无聊当中。

朋友们也隔三差五的,想喝酒了,打个电话要吃宁采做的醉鸡,说那个味道比饭店的要好百倍。

肖磊只需要一个电话,宁采就会把这一切安排妥贴。宁采坚信,只要暖住男人的胃,就会暖住男人的心这句话。

肖磊感觉到,他吃了这么二十多年醉鸡,也没感觉有什么特别,只是朋友们都说好,也喜欢吃,那就凑合着吃吧。

儿子不在家,肖磊便把大把的时间放在了下象棋和看球赛上。回到家,他的眼睛锁定在了体育频道,足球篮球运动成了他生活中一项不可或缺的活动。

而下岗后的宁采便把大把的时间用在了织毛衣上,她每天如果不买菜,连门也不用出,穿着肥大的睡衣,趿拉着拖鞋在家里那方天地里转悠,大多数时间,她将肥硕的身体放进大沙发里度时光。

两个人的日子,成了一潭死水,激不起一点浪花。

肖磊那天突然说,咱俩离婚吧。

宁采以为,肖磊在跟他开玩笑,她本来就是要强的人,她说,离就离吧。

结果,他们俩真离了。

这婚离得也太没有悬念了。

婚离了，但他们俩没给任何人说。

在离婚的宴席上，一个快嘴的朋友说，肖磊，你说这饭店的菜，哪有你媳妇做得好吃呢？

肖磊也突然感觉到是这样，他说，我媳妇那手艺，没人能比得上，有空我请你们在家里吃醉鸡。

宁采深情地望了一眼肖磊说，第一次听你表扬我。这么多年，我是第一次听到。肖磊也醉眼朦胧地说，我今天才发现，你比任何女人都漂亮。

今晚在家里住吧！

宁采说，不，我还是走吧，我们现在住一起，就是非法的了。

肖磊一把拉过宁采说，不，我才发现，我爱上你了。

宁采是在婚后这二十多年里，第一次听肖磊说爱她，她激动地满脸红霞飞。肖磊深情地望着宁采如樱桃的小嘴，他想把自己的热吻献上。

宁采从肖磊的怀中挣脱，换上肥大的睡衣，趿拉着拖鞋说，我还是先去洗你的臭袜子吧。

肖磊又一次陷入了迷茫中，他如雷的鼾声很快就响彻了整个屋子。

一个初恋故事的 N 种结局

导读：初恋是人生中最美好的事情，但初恋的结局到底有多少种呢？聪明的读者，你可以尽情的假设。

故事的开头很俗，和许多初恋故事一样，都发生在雨季。

一个叫程成的小伙子，家在农村，生活也特别拮据，但他非常努力，每年都是学校的三好学生。

在一个周末，他从学校对面的书店中出来时，外面却下起了瓢泼大雨，程成慌不择路地躲到了路边的一个西瓜摊旁边避雨，刚钻到摊主的帐篷下，有人从背后递过来一条软乎乎的毛巾，程成接过毛巾，赶忙把头上的水擦干，顺口说："谢谢你啊！"那个姑娘接过毛巾，对程成莞尔一笑，露出了两个可爱的小虎牙，她说："是程成同学吧？"

程成愣了一下，然后脸红了，他说："你认识我吗？"

姑娘大方的伸出手说："我叫江南，和你是同年级的同学。"

程成把手在衣服上擦了擦，然后，不好意思地伸过手去，她说，谢谢你啊！

然后，他黝黑的脸更加红了。

江南拿出西瓜刀，给程成切了两片西瓜。这个夏天天太旱，西瓜特别贵，程成连一口西瓜都没有吃过。每次路过学校门前的西瓜摊，他都能听见自己喉管里冒出的汩汩酸水，后来，他想绕道,可是,这是学校门口,无论如何都得经过,他只好目不斜视西瓜摊。

今天这是怎么了,撞上哪门子运气了?

江南端过来两牙西瓜,程成的心莫名地怦怦直跳,他紧张得手都有点哆嗦了。

那两片西瓜,程成吃得特别慢,一口一口品尝,他生怕一下子吃完,再也找不到那种甜丝丝,凉飕飕的感觉了。他舍不得把西瓜籽吐掉,细心地把瓜子吐在手心,江南看他吃得慢,她问:"西瓜甜不甜?"

程成不敢看江南的眼睛,他低下头说:"甜,特别甜。"

江南是利用假期替父母看管西瓜摊的,从那以后,江南时不时给程成带来西瓜,让他品尝。那个夏天,程成感觉自己的生活如蜜般甜。

时光如水般逝去,高中生涯结束了,江南落榜了,程成考上了北京一所大学,初恋的味道甜中带着一丝丝苦味。

四年以后,程成回来了,路过校门,他看到了一个熟悉的身影,江南……

语文老师在课堂上给我们念了整个初恋故事的开头,让同学们续写初恋故事的结尾,这个浪漫的爱情故事就有了 N 种结局。

结局一:程成远远地望着江南,看着她给顾客挑瓜,切瓜,然后,收钱,动作熟练,而她的发型和衣服,早已没有了当年的清纯样,常年的风吹日晒,她白净的脸,被风吹皱了。

程成只是远远地观望着她,回味着他们当年初恋的滋味,然后,悄无声息地转身离去,就像他从来没有来过一样……

(老师评语:现实版的初恋故事结局,有点残酷,但却是真实

全民微阅读系列

存在的）

结局二：上了大学的程成，面对众对的美女，他没有动心，他忘不了江南对自己的好，还有那个夏天西瓜的滋味，他拒绝了众多美女，回到了他们曾经相识的地方，他拿着一束红玫瑰，单腿跪在地上，对着江南说："江南，嫁给我吧！"

江南把手在围裙上擦了擦说，花这个钱做啥呢？一束花能买三斤西瓜呢？

程成茫然地站在西瓜摊旁边，他的嘴里涌起一股股苦涩的味道来，他不知道，自己何去何从了……

（老师评语：能不能不那么现实，浪漫一点吧？）

结局三：程成把他和江南的初恋，告诉了自己在农村的父母，父母说什么也不愿意，他们说了，我们节衣缩食地供你上大学，我们无法接受这个她，你必须离开她，在城里给我找一个姑娘。程成没有理会父母，他决定打破世俗，冲破父母的牢笼，他说了，我的幸福我做主。

他去了江南的西瓜摊，对她说，江南，我要娶你，我一定要娶你。

江南望着程成的眼睛，摇了摇头，眼含着泪水说，晚了，一切都太晚了。

程成说："不晚，一点都不晚，我带你上北京吧，我们离开这里。"

然而，西瓜摊旁边传来一阵婴儿的啼哭声，把程成的话题打断了。

江南扑向了那张床，抱着孩子撒尿，然后，旁若无人地掀起了衣襟，给孩子喂奶。

程成不住地问："怎么会这样呢？哪来的孩子呢？

（老师评语：想像力丰富，但现实也同样残酷无情啊！"）

关于初恋爱情故事的结尾还有 N 个，学生们众说纷纭，老师却只对此三种作了评语，个中滋味，每一个历经过初恋的人去慢慢体会吧！

高跟鞋

导读：婚姻这双鞋，合不合脚，只有自己知道。

白雪在商场的鞋柜前，小心翼翼地捧起那双凉鞋，如同捧着一颗珍珠，怕一不小心会摔碎了。她太喜欢这双鞋子了，可是，她摸了摸口袋，还是将那双宝石蓝的凉鞋放回到鞋架上。

那个透明的高跟鞋底，宝石蓝的鞋面，做工也精致，就像画家笔下的细腰仕女般妖娆。白雪在幻想着，那双鞋穿在自己脚上，何等风姿绰约。

可是，想，终归是想了。

这双鞋子的价格令白雪咋舌。白雪给自己找了一个堂皇的理由是，鞋跟太高了，不方便出行。

走出柜台已经好久了，白雪忍不住朝那双鞋望了一眼，然而，此时，她的目光和另一双眼睛重合了。那双忧郁的眼神背后，是穿着时尚的宁夏，此时的宁夏，手里已经悄然地拎了三双鞋子，可似乎她自己好像浑然不觉。

白雪捂住了嘴巴，然后，她问宁夏："怎么改行卖鞋了吗？"

宁夏非常平静地说:"不,自己穿。"

白雪为自己刚才在柜台前的犹豫不决有点自惭形秽,同样是女人,她的命怎么就那么好呢?

在收银处,那个小姑娘,打开了宁夏的鞋盒子,一一扫描打价,白雪看到,刚才自己舍不得掏钱的宝石蓝凉鞋正被宁夏装进了购物袋里。

宁夏从皮夹子里掏出购物卡,眼睛抬都不抬地付了一千多块钱,然后,拉着白雪去吃饭。

白雪像受惊的小鹿一样,逃跑似的离开了。

回到家的白雪,心里还有着更多的不快乐,她打开家门,老公系着围裙,讨好般地问她:"怎么这么快就回来啦? 你不是说去买鞋?"

老公不问倒还好,这一问,白雪心里的不快乐如同漫天花絮一样飘飞到了眼前。

白雪瞪了一眼老公,然后,把一双旧鞋子像足球一样踢出了好远。然后,回身到了卧室里,一个人躺在床上生闷气。

过了一会儿,白雪听见了老公在门外敲门声,他说:"白雪,吃饭了!"白雪在里面喊:"吃吃吃,就知道吃!

说完之后,她又感觉到有点后悔,她拉开了门了,趴在门上听动静的老公差点被她摔个马趴。

白雪又扑哧一声笑了起来了。

老公关切地问:"怎么啦! 逛街回来还不高兴了吗?"白雪趁机撒娇说:"脚走疼了。"老公赶紧拽过白雪的脚,握在手心里揉搓起来。

白雪突然间流泪了。

老公用一只手替她擦着眼泪说:"傻瓜,又怎么了?"白雪将头依偎在老公的怀中。

晚饭时，白雪说，我今天见到宁夏了，我舍不得花三百块钱买的一双鞋子，宁夏一下子买了三双。当初，宁夏从银川过来的时候，还租住在我们家的老房子里，可转眼间，她却一下子麻雀变凤凰了。据说，嫁了一个特别有钱的煤老板。当初，宁夏嫁过去的时候，宁夏妈鼻涕一把泪一把的说："可怜的娃呀，怎么就看中一个"倒煤（霉）"的呢？宁夏却是死活都要嫁给这个煤贩子，谁想，那煤贩子一下子就发了，据说赚了个盆满钵满了，富得都流油了。

老公袁野突然像记起了什么，他说，本来这事是不能说的，一说出来就违背职业道德了，不过，宁夏和你是一块儿长大的姐妹，我还是给你说说吧，你有空去劝劝她吧？上个月吧，宁夏把老公起诉到了法院，以人身伤害罪告的，据说，宁夏发现煤老板在外边包了小三，和煤贩子闹，使出了浑身解数，被煤贩子打得浑身是伤。但是，那煤贩子硬是凭着三寸不烂之舌，把宁夏哄着撤诉了。

然而，时间不长，煤贩子又住在小三那里不回来了，宁夏好几次来民政局里要离婚。其实，说白了，宁夏还是舍不得丢掉这段婚姻，她说的离婚，无非是为了吓唬一下煤贩子，可是，每次，经不住煤贩子几句软话，又乖乖地回去了。宁夏为此割腕自杀过，可是，仍然没有唤回煤老板的心。

据说，煤贩子现在干脆住在小三那边，任凭宁夏怎么折腾，他却不管不问了。

白雪知道，袁野在婚姻登记处工作，这个消息估计是真的。白雪想不明白，宁夏为什么要这么折磨自己呢？

白雪终于坐不住了，她打了个电话，宁夏在电话里懒洋洋地说："我在外边逛街呢,你出来吧。"

白雪看到了,一脸疲惫的宁夏,穿着那双高跟凉鞋,从商场里出来,一瘸一拐地朝她走来。

白雪不忍心地说："宁夏,换双鞋穿吧,跟太高了,别委屈了自己的脚。"

宁夏摇了摇头说,舍不得。

白雪说,再舍不得也得扔,不然,脚会疼。

宁夏的眼泪涌了出来,她为了不让白雪看到自己的泪水,低下头去看自己的脚,然而,她看到,白雪的脚上,一双合脚的平跟凉鞋,虽然有点旧了,但看起来非常舒服的样子,她的泪水又一次滑落在地上。

宁夏抬起头来望着太阳说,阳光真刺眼。

咸了,加点盐

导读: 生活就像一道菜,咸了,还能继续加盐吗?

白雨薇正感觉到百无聊赖的时候,夏荷的电话就随之而来了。电话这头的白雨薇笑着说:"妖精,你像我肚子里的蛔虫啊!"

夏荷的笑声,穿越了无限的空间,富有磁性地感染了白雨薇,她说了,这就叫好姐妹心有灵犀一点通啊,有空了到我家来喝咖啡吧,我朋友从外地给我带来了上好的雀巢。

白雨薇说,好,没问题,我有空了就过来吧。

夏荷和白雨薇的老公袁野是高中时的同学。不同的是，夏荷现在已是市医院的一名主任医师。

白雨薇是一个专栏作家，每天有大批的约稿，长期的伏案工作，她的颈椎不堪重负终于抗议了。

白雨薇去医院做了 CT 片子，医生说了，颈椎生理曲度变直。她拿着那张黑底白骨般的 CT 片子，笑着对主治医生夏荷说，变直了，如何弯？

夏荷咯咯地笑了，她说："我命令你现在停止所有伏案的工作。"白雨薇笑着说，电脑前坐不成，那我就看书吧。

夏荷还是摇了摇头，说，这怎么可能呢？看书和坐电脑前是一个姿势。

一向自以为健康的白雨薇，这次却成了医院的常客，她要经常到夏荷那里去做颈椎治疗。拔火罐，理疗。久而久之，这两人特别投缘，却把袁野晾在了一边。

接到夏荷电话的第二天下午，老公袁野出差在外，白雨薇写完了稿子，她感觉到无聊。她也知道，夏荷今天休息，她决定给夏荷一个惊喜。

白雨薇没有电话通知夏荷，她直接开车前往夏荷家，这个三十多岁的单身女人，生活过得一向非常前卫，所以，她没有担心会碰上她父母的尴尬。

白雨薇敲开了夏荷家的门，一脸惺忪的夏荷，身上的睡衣半边肩带都吊在胳膊上，头发蓬乱地如鸡窝。

夏荷看到白雨薇，她的表情非常慌乱，眼光扑朔迷离般闪烁着。

白雨薇故意打趣说，是不是里面藏了人，我去看看。她故意装作要往进闯的样子，夏荷却死死拉住不让白雨薇进去。

夏荷说了,私闯姑娘的闺房,那可是要犯法的。

两个女人互相打趣着。

夏荷一边给白雨薇冲咖啡,一边说,这是朋友从国外给我带回来的咖啡,味道非常纯真。白雨薇斜倚在夏荷家松软的沙发里,样子十分放松。

其实,自从认识夏荷这两年里,她们俩总是用这样的姿势打发着寂寞的日子。

两个女人,有时候会说些似有似无的话语,有时候会久久地不语,就那样,像蛇一样盘桓着。女人们在一起谈论的话题无非是什么样的裙子,香水,或者夏荷最近又去相亲的对象。

白雨薇总是想象不到,像夏荷这样时尚的女人,相亲的场面该是何等滑稽。

夏荷却说了,好歹也是打发寂寞的日子了。这样一种不算理由的理由,总是让白雨薇无法认同,不过,人各有志,对于已在婚姻里打拼里十年之久的白雨薇来说,生活和婚姻,总是主旋律,她总是劝夏荷,找个人早点嫁了吧。

夏荷总说,我喜欢每天处在恋爱里的感觉。进入了婚姻,爱情就没有了。都说,婚姻是爱情的坟墓,我可不想早早把自己送进去。

已婚的女人总喜欢以自己的老公,自己的家为主话题,白雨薇也不例外。

话题不知道是由什么引起的,白雨薇说了,我们家袁野那天说,在河滨公园还碰见你了。

"啪……"的一声打碎了他们的话题。

夏荷手忙脚乱地收拾着地上的玻璃碎片,咖啡杯被打碎了。

白雨薇疑惑地问:"你今天不舒服吗?看你心不在焉的?"夏

荷摇了摇头。白雨薇在帮助夏荷打扫玻璃碎片的时候,她无意间瞥见了门后面那双鞋。

太熟悉的一双鞋,左边的鞋跟有点倾斜。

白雨薇懵了。

然而,她又装作若无其事地样子,重新坐回到沙发上。

夏荷帮她倒了一杯浓浓的咖啡,然后问她:"你加糖?"白雨薇答非所问地说:"咸了,加点盐吧!"

一勺盐缓缓地落入白雨薇的杯中,浓浓的咖啡,盐在里面随即了无痕迹,再浓的咖啡也化不开她的心事了。

稍坐片刻,白雨薇逃跑似的走出了夏荷家的门,身后,夏荷热情洋溢的挽留之辞还在耳畔响起。

出了夏荷家的门,白雨薇紧绷得神经终于松懈了,她拉开车门,拧开钥匙,然后,趴在方向盘上大声地哭了起来,她知道,在夏荷卧室的窗帘后边,袁野站在那里正朝楼下紧张地张望着。

闺　蜜

导读:真诚的闺蜜之间,哪怕是误会,也是甜蜜的。

有人说,初恋像水一样,是最纯净的,不能有哪怕一丝一毫的杂质。

自从那次在樊凡的画室里,看到了闺蜜吴小霜的画像,我的心里五味杂陈。

我把自己反锁在宿舍里,连续两天都不和吴小霜说话,任凭她在门外用尽了美声通俗,哪怕最后不得不改成民族的发音。

我都不想理她。

吴小霜不依不饶,她最后改成了铁砂掌,据说最后将两只手掌差点拍成了红烧猪蹄,我依旧不理她。

吴小霜这个妖女,她抬起她的不知是少林还是武当的脚,一踹二踹再踹!

她终于选择了放弃。

感觉到门外没有动静了,我终于缓缓的打开了门,因为我已经饿得前胸贴着后背了。

我感觉自己能吃下一头牛。

我刚打开门,一把硕大的鸡腿和一包薯条挡住了我的去路。

顾不得了,我一把抢过去,狼吞虎咽般吃下。

妖女吴小霜攥紧了拳头,狠狠地在我跟前示威,我真想揍你一顿。

说句实话,我真希望有人来揍我一顿,后来,我把这话告诉了吴小霜,这个妖女竟然骂我贱人,我回敬一句,你才贱人了,别看经济危机了,你这个妖女也升不了值。

说这话的结果是,妖女吴小霜会板起脸,不跟我说话至少不会超过 24 个小时,呵呵,第二天,她保准腆着脸,笑嘻嘻地买些巧克力,分给我一半,我们俩相视一笑,这笔恩怨就这么被一把巧克力给勾消了。

饶了这个妖女吧。她只不过给樊凡当了一次 model 而已。

我正沉浸在自己说错话的自我批评当中,樊凡却从天而降了。

他突然大声喊了一声:"别动,千万不要动。"

我感觉自己像被施了定身法，僵直地站着，樊凡说了，这个状态你最美丽，也非常可爱。

我是因为美丽才可爱？还是因为可爱才美丽。

他急忙拿起画笔，聚精会神地那勾勒着，而我，却在思考他说话的意思，是不是真的喜欢我。

樊凡看着我，那种眼神，就像一潭深不见底的湖水，清澈，干净。

而我，却沉在他眼睛的深渊里，不可自拔。

我从第一次见到他，就一见钟情的爱上了他，真感谢伟大的发明家，发明了这么感性的词，让我能够给自己的爱找到一个合理说法。

我现在才想起，吴小霜的话，如果你真正喜欢一个人，那他在你眼里，就如同金子一样闪亮。

说句实话，我今天为了见到樊凡，特意的打扮了一下。

不过，还是有点中性，没有女性的那种媚。

平底的白帆布鞋、一件碎花布裙，这已经是我认为很女性的打扮了。

可吴小霜还是拍拍我的脸蛋说，你这样，只能像邻家的小妹妹，要想吸引住樊凡那种艺术气质眼光的男孩子。要穿高跟鞋，那才能将你的双腿显得更修长，更能迷倒他。

吴小霜把他的豹纹高跟鞋拿来让我试，我刚试着穿了一下，差点崴了脚，我坚决不穿，我坚持穿自己的运动鞋，牛仔裤，舒服！

我不能东施效颦，我要保持自己的个性，我最相信的一句话是，做我自己。

樊凡终于画完了，我僵在那儿，大声喊着，累，真累，做你

model 真累。

樊凡笑眯眯地给我递过来一瓶水，他笑起来真好看。

他笑笑，这幅画送给你，喜欢？

超喜欢。

樊凡将这幅画随手送给了我，我将它挂在了床头，晚上睡觉前，总要静静地欣赏一番，吴小霜看到，总是说，自恋的人，最终会扑向自己点燃的火。

自恋的女人懂得珍爱自己，我反驳。

吴小霜咂了咂舌头，开始大笑起来了，直到她笑得直不起腰来了，我才明白，她是笑我说，女人。

在她眼中，我就是一个男孩，哪是什么女人啊？

狠狠地臭骂她一顿，发誓，从今天起，我要破蛹而出，去获取重生的机会，做一只蝴蝶。

我可是认真的，吴小霜这个妖女，终于停止了大笑，她说，看来，你中了樊凡的咒，不然，你怎么会这么认真。

对，妖女，我要追求我的爱情。

蛇的腰在哪里

导读：人生就像一条蛇，如果抓不住重点，就如同不知道蛇的腰在哪里一样。

订婚当天，怡欣陷入了两难之中。

怡欣拎着皮箱,站在机场候机室,忧郁了好久,她最终还是将微信发给了男朋友蒋成。

蒋成收到微信的时候,他疯一般跑到了机场去找怡欣。

飞机已经起飞了,蒋成望着蓝天中那一抹白色的弧线,狠狠地将拳头砸在了汽车引擎盖上。

这已经是怡欣第三次以参加舞蹈大赛的理由逃离订婚仪式了。

怡欣爱蒋成,是深入骨髓的爱。

可她没法放弃舞蹈,为了她自己,更多的是为了实现妈妈的理想。

她的目标是飞扬中心的大舞台。

飞扬中心的大舞台上,蓝色的烟雾中,怡欣轻盈地扭动着柔美的身姿,曼妙的腰肢像一条游弋在水里的蛇。

怡欣这条美丽的蛇,闪动着身子,却无法让人找到她的腰在哪里,看过她舞蹈的朋友都称赞她,怡欣根本没有腰。也有朋友调侃说,蛇的腰在哪里?

这次初赛,她又一次赢得了大赛冠军。

决赛前,怡欣她们要在飞扬中心训练一个月,怡欣每天大汗淋漓地在训练室训练,舞蹈老师不断地夸奖怡欣。

怡欣知道,她不能停下来。

因为一旦脑海里产生懈怠的念头时,怡欣的眼前就会出现妈妈坐在轮椅上教她训练的画面。

小时候,她光着脚一天在家练习十几遍舞蹈。

妈妈就那样一遍又一遍的指导着,如果出错了,她就会被妈妈用鞭子打。

她的腿上、胳膊上,经常会出现一道又一道的血印子,红红肿肿的,忍着痛,含着眼泪在训练。

有一次,实在太累了,她想放弃,妈妈从轮椅上下来,扑通一下半跪在她的面前。

由于腿疼,妈妈倒在了她的面前。怡欣吓坏了,她紧紧地抱着妈妈,哭着,向妈妈祈求着。

从此后,怡欣就再也不敢偷懒了。

为了舞蹈,为了能登上飞扬中心的舞台,虽然,怡欣知道,飞扬中心的舞台一直是妈妈心中的痛。

妈妈曾是一名优秀的舞蹈演员,可是,由于训练的时候,摔坏了膝盖,从此后,妈妈就在轮椅上度过了,她这个折翼的天使,只能将自己的梦搁浅了。

怡欣的训练又增加了一点难度,老师的要求也比以前更高了。

那天晚上,训练完毕,怡欣擦干了脸上的汗水,她拖着疲惫的身子往公寓里走。

谁知,她却踩在了一颗滚落的珠子上。

怡欣重重地从楼梯上翻滚了下去。

医生诊断,怡欣的脚部韧带拉断了。

怡欣望着医生的脸,她木然地问:"我还能登上飞扬中心的舞台吗?"

医生遗憾地告诉她:你再也不能跳舞了。

三个月后,怡欣出院了,带着满身的伤,她去找自己的男朋友蒋成。

蒋成早已成了别人的老公,他的身边,依偎着娇小可人的妻子。

失落的怡欣,带着满心的伤痕,她回到了妈妈的身边。

她没敢告诉妈妈事情的真相。

瞒着妈妈，她办了一个儿童舞蹈培训班，每天，沉浸在舞蹈的世界里，她的心才是踏实的。

夜深人静时，无边的寂寞包裹着她。

她只有喝酒，用酒解去自己的忧愁。

酒醉了，酒瓶碎了，心也碎了。

第二天，舞蹈班的小女孩丫丫，不小心割破了脚指头，血流了出来，丫丫吓得直哭。

怡欣慌乱地给丫丫包扎伤口。

丫丫的母亲却不接受，她带领着众多家长，砸了舞蹈班的设备。

家长们要求退学费，孩子们一个个走光了，望着空荡荡的教室，怡欣彻底失望了。

她不住地喃喃自己道："蛇的腰在哪里？蛇的腰在哪里？"

第六辑

生活大观园

生命不能重来，我们决定不了人生的长度，但我们可以控制生命的宽度。拼搏进取充实丰满的人生，即使很短也是一首清新隽永的小诗，寓意深刻回味无穷。生活这座大观园，有你，有我，有他，汇成了一幅幅精妙的画卷。

和吴津子有关的那些事儿

导读：吴津子本没有出家，然而，网络这个无形的杀手，让她最终选择了出家。

女画家吴津子出家了。

这个消息像夏天的风一样弥散在这座小城的角角落落。

一个小报记者急了，他就千方百计的联系吴津子本人，吴津子关机了。

没有采访到吴津子，小报记者根据以往的经验，和自己的臆想，编写了一篇关于女画家吴津子出家的新闻，里面配有吴津子出家前已经出售的画儿和照片，当然，他的新闻也被同步到了微信中传播。

看到这条微信，手机低头族从来不去关注事情的真相到底是什么？他们只知道动动大拇指，就会分享在朋友圈中，他们的朋友也就一传十，十伟百，百传千地分享着。

那么，女画家吴津子出家了？在哪里出家呢？为什么要出家呢？

等等，这些问题的确是个问题。

有好事者便去询问吴津子的同事，由于吴津子长得漂亮，她的画也非常养眼，吴津子的收入当然比一般人都高。有好几个同事都眼红，加之，吴津子性格偏执，她只专注于自己事业中，不喜欢和无聊的人打交道,因此,得罪了好多人。

同事甲,一个秃了顶的老头,艺术感觉平平,努力奋斗了一辈子,他的画作也抵不上吴津子的,他早就看不惯她了。

老头就对好事者说,这吴津子,画儿画得很一般,只不过,人长得漂亮,好多人是冲着她的美貌才买她的画的。只不过,像她这种人,怎么会出家呢? 不可思议,真的不可思议啊!

好事者又采访了吴津子一个闺蜜,闺蜜刚刚失恋不久,对吴津子的恨还没有消除,她的话,说得比老头还难听,她说了,吴津子吗? 她怎么会出家呢? 她专门挑逗别人的男朋友,好多男人都围着他转圈儿,她怎么会舍得红尘去出家呢?

好事者通过别人了解了一下,吴津子和她的闺蜜,两个人以前好得不得了,穿衣服都穿同一个牌子,甚至在大家都不喜欢和别人撞衫的年代里,她们竟然穿着同一种款式,同一种颜色的衣服。

闺蜜每谈一个男朋友,都要让吴津子来检验一下,吴津子不用动声色,好多男孩都不由自主地喜欢上了她。闺蜜当然知道吴津子的魅力,关键是那些男孩都是相亲相来的,闺蜜也没有太上心,所以,闺蜜也就不太留恋。

最后一个男孩,典型的高富帅,海归,闺蜜就起了私心,这次恋爱,在感情基础没有稳固之前,她从来没有让吴津子见过她的男朋友。

直到前几天,闺蜜觉得,两年的时间,足以稳定他们的关系了,她约了吴津子和男朋友一起吃饭,吴津子刚从画室出来,也没有时间打扮,就是那种很随意的装扮,似乎还有点不修边幅,衣服袖口沾得颜料都还在, 闺蜜很满意吴津子今天的样子,这样,根本对自己构不成威胁了。

结果，就半顿饭的功夫，因为，吃到中途，有人要买吴津子的画，吴津子便提前离席了。

可是，闺蜜却发现，男朋友从此以后便心不在焉了。

男朋友提出和她分手，理由是，他有喜欢的人了。在闺蜜的一再逼问下，他说喜欢上了吴津子。

闺蜜就和吴津子翻脸了，两个特要好的朋友，翻脸的速度比翻书还快。

好事者又采访了吴津子的前男友，前男友正躺在一堆空酒瓶子当中，他说，吴津子被富豪包养了。

好事者经过百般打听，她终于见到了吴津子本人，齐肩长发的吴津子，正专注地画画，她温和地微笑着望着好事者。

好事者说明来意，并把微信的内容让吴津子看了看，吴津子笑了笑，不作答。

真实的情况是：吴津子前一些日子每天蓬头垢面的在画室作画，整个人几乎处于半封闭状态。

她的画儿都是人提前预定的，画刚画完之后，紧接着又意外地被闺蜜误解了。

心烦意乱的她，决定出去写生，然后，就在山上住了下来。就这么简单的事情，却被外界传得神乎其神。

不久之后，吴津子却在自己的微信中正式宣布：出家了。

保安来顺儿

导读:来顺儿这种人,是不是你们的生活中也常碰到了。

"报告!"门外一声响亮的报告声,打断了医院吴院长的思绪。

吴院长的办公室门是虚掩的。

谁呀?这年月了,还在门外喊报告,又不是学校和部队。吴院长微笑着抬头,随口说了句"请进!"

一个脑袋随即从门缝里先塞了进来,保安帽被门卡在了外边,像足球一样满地打滚儿。

保安来顺儿满脸堆笑的从地上捡起帽子,胖嘟嘟的脸俨然一尊弥勒佛。

"吴,吴院长,我是来顺儿。"来顺儿一口地道的方言自我介绍着。

"是来顺儿啊,来,坐吧!"吴院长亲热地让座。

"我,我,我不坐,我不敢坐。"来顺儿忸怩着。

"有什么不敢坐的呀,坐吧!"吴院长起身把来顺儿拉到沙发上坐下,又从饮水机上倒了一杯水给来顺儿。

来顺儿显然吓坏了,他的屁股刚挨到沙发,又像着了火样弹跳了起来。他两只手颤抖着接过吴院长递过来的水,有一部分还洒在了地板上。

吴院长问:"来顺儿,有什么事吗?"

"吴,吴院长,你不要开除我。"来顺儿一着急就结巴。

"谁说我要开除你。"吴院长微笑着问来顺儿。

"是,是,是小王。他说,我打死了吴院长你母亲的狗,你会把我开除的。"来顺儿嘴角嘟噜出一串话。

"噢,就为这事儿呀,来顺儿,你赶快回到你的岗位上去,以后,打狗的时候,看清楚,是流浪狗还是有主人的狗就行了。"

"吴院长,你不开除我啦!"来顺儿欣喜的离开了。

吴院长望着来顺儿的背影,微笑着拿起了一个病人的 CT 片子。

"报告"又一声报告打断了她的思绪。

"请进!"吴院长知道,又是来顺儿。

"来顺儿,怎么又回来了?"

"吴院长,您不扣我工资吗?"来顺儿眼巴巴地望着吴院长。

"这话又是谁说的?"

"是小刘,他说您母亲的狗值好几万块钱呢,您打算从我工资里扣除作为赔偿。"来顺儿的话把吴院长逗笑了,他故意绷着脸说:"扣啊? 我打算扣你一年的工资,你看行吗?"

"吴院长,您好歹每个月给我留点吧。我家儿子还要用这个买奶粉呢?"来顺儿的腰弯着,几乎都成九十度了。

吴院长明白,来顺儿当真了。

吴院长拍了拍来顺儿的肩膀说:"来顺儿,你好好上你的班,我母亲这边我自己来安慰,你就不用管了。我一分钱也不会扣你的。你放心好了。"

来顺儿的脸上又笑开了花。

他向吴院长不停地说着谢谢,吴院长想起了上个月的事情。

由于医院的围墙是罗马柱的形式，有好几只流浪狗经常跑进医院里来。上个月，有两个病人家属给病人打饭，在送饭的途中被狗咬伤了。病人家属一口咬定，是医院里的狗咬伤的。

没办法，给病人家属作了赔偿。为了防止此类事情再次发生，吴院长在大会上宣布，让保卫科在空闲的时候，赶走医院内的流浪狗。

可谁知，吴院长母亲那天来医院里看病，保安来顺儿一个猛棍下去，吴院长母亲的宠物狗被打死了。

吴院长的母亲为此伤心了好长时间，吴院长也被母亲数落了好一阵子。

没想到，这来顺儿自己倒跑来认错了。

翌日，吴院长经过保卫科的时候，见门前那里围了好大一群人，保安来顺儿昂起脖子和一个老大爷争论着。

地上卧着一只黑色的狗，腿可能被打伤了，狗不住地用嘴巴舔着伤口。

"你得赔我的狗，你怎么能随便打伤我的狗，那是我的眼睛啊？我牵在手里，你怎么能看不见呢？"老大爷拄着一根拐杖，委屈地说。

"是狗我就打，反正我没看到他有主人！"来顺儿看起来趾高气扬的。

他双手抱在胸前，身子微微倾斜着，一只脚踮起来，故意抖动着腿，微微眯着的眼睛里满是不屑。

吴院长仔细看了一下那位老大爷，她才发现，老大爷是个盲人，地上躺着的大概是他的导盲犬。

吴院长挤进人群，扶过老大爷说："大爷，您先别生气，我这就给您想办法。"

补
丁

吴院长狠狠地望了一眼来顺儿，对着小刘说："马上送宠物医院处理，一定要把这位大爷的导盲犬给治好。"

来顺儿见是院长，他吓得不敢言语，乖乖地站在地上，双脚并拢，像一个等待受训的小学生。

"你呀，你……"吴院长手指着来顺儿，竟无语了。

楼牌三迁

导读：为了应付上级各种各样的检查，这个三迁的楼牌何时才能消停？何时才能专款专用呢？

清水镇文化站的文化专用大楼终于竣工了。

镇上请来了宣传部长、主管文化的副县长、文化局长前来剪彩，镇长站在红色的地毯上，主持着此次剪彩仪式，随着剪刀的"咔嚓"声落下，彩绸被分成了几段，镇政府的女干部每人手里端着一朵大红绸子的花，大家脸上都洋溢着笑容。

镇党委吴书记气宇轩昂地讲道："文化大楼的竣工，得到了上级部门的大力支持，向省文化厅争取资金三百万……我们将努力挖掘基层文化资源，弘扬优秀的民族文化……"

镇党委书记的一番话，让每个人都感觉到血液沸腾了。

文化局长更是兴奋地握着镇党委吴书记的手说："吴书记啊，你们清水镇是文化大镇，文化底蕴深厚，你们一定要好好地利用这幢大楼，把咱们的文化事业搞得红红火火的。"

翌日,吴书记和牛镇长两人站在这幢高大的楼前,轻声的说着话。

文化站长薛广生,急忙跑到他俩跟前请示:"吴书记,牛镇长,你们看,文化大楼盖起来,咱们得好好利用,我觉得目前,得给我多增加一两个人手,我打算好好地去下乡挖掘一下咱们镇的民间文化,有好几个项目都可以申报非物质文化遗产了。"

牛镇长望了一眼薛广生花白的头发说:"老薛啊,我记得你的退休是今年年底吧?"

老薛疑惑地点了点头。

"老薛,你看,文化这个事儿啊,别说挖掘了,就咱们镇的那几十位跳广场舞的大姐大妈们,就足以撑门面了。非物质文化遗产这个事儿,是一件吃力不讨好的事情,咱们不趟这个浑水,交给县文化馆去办吧。"吴书记的话语虽然和气,却一脸阴云密布。

"正因为快退休了,我才想要给咱们镇留点什么,从我工作到现在,三十五年了,一开始就是一个管文化的干事,到现在,依然如此。"薛广生终于憋不住了,他急忙打断了吴书记的话。

听了薛广生执意如此,牛镇长和吴书记俩人都面面相觑,互相使了一下眼色,转身离开了。

留下了薛广生茫然地望着他们的背影呆若木鸡。

这昨天不还在县领导面前表过态了吗?为何变卦这么快呢?

薛广生打算骑上自己那辆破摩托车,下乡去自己收集资料。

还没出门,他就被管计生的副镇长叫了过去。

"老薛,你赶紧去县城,给咱做一个计划生育的牌子,要醒目,尺寸要跟这幢新楼相配。"

"什么?这不是文化大楼吗?让小嘉去吧?"薛广生有点迷糊了。

全民微阅读系列

"老薛呀,我说你怎么这么死脑筋,这么古板呢?这叫合理的利用资源。这幢楼不还在吗?又跑不了的。再说了,你管计生,让别人去怎么回事啊?不要光天天嘴里想着文化,文化就是一个概念嘛?"

"文化怎么能是概念呢?它是活生生的……"薛广生急了。

"好好好,我不跟你争了,你快去吧,这可是两个一把手亲自拍板的事情。"

薛广生无奈地望了一眼楼上昨天才挂上去的新牌子:清水镇文化站,几个醒目的大字,让他有点头晕了。

他摇摇头,转身去发动自己的摩托车,踏了十几下,那辆老旧的车子,才像哮喘病人一样,突突突地冒起了黑烟。

第二天,文化站的牌子被摘了下来,计生办的牌子醒目的挂了上去,上级计生部门检查,领导给清水镇给予了充分的肯定。牛镇长和吴书记兴奋地搓着手,他们似乎又有了新的打算。

终于消停了几天,周一早晨,薛广生的摩托车还没有停稳,维稳办主任又按住了他的车头说:"老薛,快去做一张维稳办的牌子,我让人赶紧把计生办的牌子先撤下来,听说下午要来检查组。"

薛广生茫然地望了主任一眼,他久久不肯起步。

"老薛,你怎么了?你倒是快点呀?不能太晚了,事儿太紧急了。维稳办就你一个干事,这事还得你来啊!"

"你们这主管领导都一个事情,敢情我老薛是三头六臂呢,一个人分管四个业务,我孙悟空啊?"薛广生发起了牢骚。

牢骚归牢骚,事儿还得干啊,在上级领导来之前,薛广生终于又将维稳办的牌子稳稳当当地挂在了文化大楼前。

下午,当然是顺利地通过了检查。

过了一个月,有一天,电话员转过来三个电话:分别是维稳办、计生局、文化局都要在周三早晨检查工作。

老薛站在文化大楼前,望着地上的三块牌子请示:领导,这挂哪块牌子合适呢?

错　位

导读:戏里戏外,谁又在扮演着谁呢? 错位的生活,最终都会走向自己的舞台,无须再扮演任何角色。

她的绣球从三层高的阁楼上抛下去的时候,她淡定地望着那些来自不同地方的游客们。

"噢,噢……"楼下的人群中挤满了一个个兴奋的面孔,那些人的手伸得老长,绣球在他们的手里被轰抢着。

绣球被一个四十多岁,有些儒雅风度的男子抢到了手。

这名男子也被换了装,被侍卫带到了楼上,和一身大红衣裙的她,她们手执红绸,拜了天地。

主持人在大喊:"一拜天地"

"二拜高堂"

"夫妻对拜"

送入洞房,揭开盖头的那一刻,她看到他眼中的柔波在荡漾。

她表演的仪式到这里算结束了。

她已经习惯与各式各样的男子成亲表演，知道都是假戏假做，也就不会付出太多的感情。

有年轻的小伙子，还有五六十岁的老头子，总之，什么样的目光她都能够接受，也都淡然一笑而过。

她完成了一场成亲仪式，便开始脱去红装，站在台下欣赏着自己的同事在和另外一位陌生人举行成亲仪式。

一袭红妆的美女，让她似乎看到了自己。

人群中，有一双微微笑的目光，剑一样犀利地射向了她。

"娘子，能否赏个脸，请你吃个饭呢？"那个男子有一张棱角分明的脸。

"这……"她从来没有想到，会有人邀请她吃饭。这有悖常理，多数游客都是和她成亲，然后，拍个视频，然后，制成光碟留个纪念而已。

然后，就已经忘记她是谁了。

他成了一个例外，她的脸绯红一片。

"我想你不会拒绝的。"他大方的想挽她的胳膊，她顺势微微抬起了一条胳膊，只是轻微的抬起，手却被他握在了掌心中。

他的掌心光滑而润泽，她似乎忘记了拒绝。她在想，这是一个养尊处优的男子吧！

默默地跟着他，来到了她们当地的小饭店，饭后，他说，他对这个地方不熟悉，希望她能够做几天他的导游，价格随便开。

她思忖再三，还是向他们经理请了假。

他带她游云南大大小小的景点，每到一处，她都祥尽解说当地的风土人情。

而他像对待初恋的情人一般，热烈而奔放，在景点给她买各种首饰。

全民微阅读系列

她很享受和他在一起的日子，他对她说："我爱上你了，你跟我回家吧！我给你买大房子，让你成为这个世界上最美丽的新娘。"

　　虽然只有短短的七天，她发现自己也爱上了这个儒雅而体贴的男子。

　　她不能离开家乡，那里有生她养她的爹娘，还有……

　　她黯然摇头。

　　最终，他驾着车离开了这里。

　　对于他来说，这里，只是他游历过的一个地方，而她，却根本走不出这样的大山。

　　望着他的汽车远去的方向，她轻轻地说了声："对不起！"

　　她永远不会对他说："她已经成家，虽然只有二十二岁，可她却已是一个两岁孩子的母亲，家里还有一个诚实善良的老公。"

　　其实，她完全不必内疚，她也永远不会知道，他已是两个孩子的父亲，家里也有娇妻。

碗

　　导读："我"作为一个失足青年，良心未泯，而蓝毛为了自己可怜的自尊，却在践踏着农民工的自尊。

　　我像一只被踩扁了的皮球，从拘留所被释放了出来。回到家的我，受不了父母的唠叨和左邻右舍在背后戳脊梁骨，一个人悄悄南下了。

站在火车站,我茫然地对售票员说:"随便给我买一张票,去哪里都行,要快开走的,我一分钟也不想在这儿呆了。"售票员用狐疑的目光看了我一眼说:"去成都的车快开了,行吗?"我点了点头。拿上票就直奔检票口,一个小姑娘下意识地躲开我,我才意识到,自己那张常年见不到阳光的脸和光秃秃的头,难以让人不躲开的。

拥挤的火车上,人多得好像农村人给地窖里放萝卜一样紧贴着。我一屁股挤到三个人的座位上,对面坐着一对青年农民工,大约三十多岁的样子,也许是常年繁重的做工,他们看起来比实际年龄要苍老一些。他们赤着双脚,操着浓重的四川方言,女人看起来不太爱说话。他们脚下放着两只桶,桶里装着筷子、碗、抹布等,而且那碗的边沿还有几个小豁口。我想,这可能是他们打工时的全部家当了。在民工身旁,有一个头发染成了蓝色的小青年,我在心里叫他蓝毛。他摇头晃脑地在听 MP3,一边嘴里哼哼唧唧地唱,一边不停地晃动着身子。

空气中,一股浓烈的汗酸味,脚臭味、腥臭味充溢了整个车厢。已经整整两天没吃东西的我,肚子早唱"空城计"了。顾不了那么多了,我就顺手买了一碗方便面。结果,那种纸做的碗不结实,经水一泡,碗底的汤洒了出来,也怪我运气不好罢了。

对面的民工女人可能看出了我的沮丧,她没有言语,默默地从桶里取出了一只碗准备递给我,我正想伸手去接。突然间,意想不到的事情发生了,那个蓝毛小青年,一把打掉那只碗,并用脚将女人面前的桶踢翻了,哗啦啦一下子,所有的碗都碎了,桶里的东西全部滚落在地上。

蓝毛小青年露出了得意的笑,仿佛他做了一件值得表扬的事儿。

　　女人哭了,她边哭边捡起地上的碎片。男人在一旁手足无措地安慰女人道:"碎就碎了噻,回家再买几个哈。"男人一说这话,女人哭得更厉害了。

　　小时候的那一幕一下子在我眼前浮现了出来:那时候,家里穷,全家八口人,只有爸爸一个人十几块钱的工资。记得最清楚的,莫过于每天吃饭用的碗,八个人,只有三个碗,而且还是那种黑色的粗瓷碗,碗少人多,只能轮流吃了。

　　每顿吃饭,爷爷奶奶年纪大,理应他们先吃,我是家里的宝贝疙瘩,也是最先吃,等我们吃完了,才能轮到姐姐和爸妈。

　　有一次,我吃完后,就拿着碗和小猫玩,结果呢,碗被打碎了。爸爸勃然大怒,一巴掌打在了我脸上,一下子,五个青手印清晰可见。

　　那是爸爸第一次动手打我。我不明白,爸爸平日里那么爱我,怎么为了一只碗却打了我。长大后我才明白,从那以后,每顿吃饭,全家人等我和爷爷吃完才能吃。

　　女人的哭泣声一下子激起了我的愤怒,我猛然间起身,一个拳头抡了过去,那个蓝毛青年被我打翻在地上了。

　　车厢里顿时乱成了一锅粥。劝架的,莫名其妙找原因的,看热闹的,都忽啦啦一下涌了过来。蓝毛青年还在捂着鼻子,用纸擦着鼻血。我还不解恨,用手指着他的脑袋警告他说:"小子,你给我听好了,以后,对民工好点。"

　　乘警来了,我们都被叫到了另一个车厢接受处罚。

　　乘警用他特有的职业敏感性观察着每一个人。他走到我跟前问:"说说,为什么打架?"我抬起头说:"看不惯他欺负人,特别是欺负一个农民工。"

那个民工结结巴巴地讲了事情的经过。而我，出手打人也不对啊。乘警敏锐地察觉到我的内心。

他问我："被放出来几天了？"我一下子又蔫了，吞吞吐吐地说："三天。"他一下子发怒了："才三天，你小子是不是还想进去啊？"我没有言语，那个地方，我是一辈子都不想再进去了。

"说说，为什么进去的？"乘警又在打破沙锅问到底了。

那是在工地上，老板准备携带工友们一年的工钱逃跑，为了拦住他，我挡在了他的车前面，司机和我扭打在了一起，我打伤了他，被拘留了三个月。出来时，我向监狱长保证，再也不打架了。可我，就是不想看到农民没有饭吃啊！那个担子，那个碗，就是民工的家啊，打碎了它，民工就等于没有了家！

蓝毛青年也被我感动了，他上来握着我的手说：大哥，我也是农民的孩子，为了能让城里人瞧得起我，我故意装出了这副不可一世的模样，其实也只是为了满足一下自己的虚荣心。是你让我知道了什么叫家，什么叫真正的男子汉，我再也不这样做了。

他向那对民工夫妻深深地鞠了一躬，我看到，乘警的眼睛也湿了。